울엄마교

울엄마교

초판 1쇄 인쇄 2008년 12월 15일
초판 1쇄 발행 2008년 12월 23일

지은이 : 노수민
교정/편집 : 유인숙 / 안승철
표지디자인 : 블루애드
삽화 : 박정선
펴낸이 : 서지만
펴낸곳 : 하이비전
등록번호 : 제6-0630
등록일 : 2002년 11월 7일
주소 : 서울특별시 동대문구 신설동 97-18 정아빌딩 203호
전화 : 02) 929-9313
E-mail : bosaga@hanmail.net

값 : 10,000원
ISBN 979-89-91209-22-0(03810)

울 엄마교

노 수 민 장편소설

하 이 비 전

차례

어머니 기도문 | 6

울엄마교 십계명 | 7

울엄마교 운영조직도 | 8

서장(序章) 울엄마교의 탄생 전야 | 11

제1장 생명의 근원이신 어머니를 믿는 자,
       평강과 축복이 함께 함을 의심치 말라 | 25

제2장 이해타산을 초월한 사랑을 주신 어머니에게
       기쁠 때나 슬플 때나 감사하고 또 감사하라 | 51

제3장 부정과 타락이 유혹할지라도
       어머니의 이름을 부끄럽게 할 행동은 하지 말라 | 69

제4장 이 세상에 단 한 분이신 어머니를
       한평생 정성으로 공경하라 | 87

제5장 어머니가 주신 영혼과 육신을
       소중하게 아끼고 훼손하지 말라 | 99

제6장 어떤 상황에서도
       어머니를 무시하거나 비난하지 말고 공손히 섬기라 | 111

제7장 절대로 어머니를 다른 어머니와 비교하지 말고
       있는 그대로의 어머니를 공경하라 | 129

제8장 어머니도 인간이라는 사실을 인식하고
       어머니의 꿈과 사랑을 위해 헌신하라 | 151

제9장 자식에게도 어머니의 분신임을 깨우쳐주고
       어머니의 어머니를 공경하게 하라 | 173

제10장 어머니의 말씀이
        나의 앞길을 밝혀주는 진리라 믿고 따르라 | 187

마지막 장 울엄마교의 탄생 | 199

'울엄마교' 대표 신도 10인의 사모곡(思母曲)

여자 중에 여자, 우리 어머니(김을동, 국회의원) | 210

생전에 효도를 다하지 못한 자식을 용서하옵소서!
　　　　(김세영, 성균관 의대 외래교수, 의학박사) | 216

할머니를 어머니인 줄 알면서 자란 소년(최대희, 외교통상부 외교관) | 221

세상의 한 어머니(이승하, 중앙대 교수, 시인) | 225

하루를 사흘로 쪼개 쓰신 어머니
(우재욱, 기획사 '패스 커뮤니케이션' 대표, 시인) | 229

나는 잘살고 있응께 걱정 말고, 니들만 잘살면 되야!
　　　　(강임성, 우체국예금보험 심사제도파트장) | 234

고구마와 엄마(권남기, 영화감독) | 239

난로 같은 여인(안윤식, 세원 마트 사장) | 243

병석에서 평생을 보내신 어머니(구동희, 신신 부동산 대표) | 248

작가의 말 | 252

어머니 기도문

항상 곁에 계시는 우리 어머니,
어머니의 이름을 잊지 말게 하시고
어머니의 뜻이 세상에서와 같이 우리
일상에서도 이루어지게 하소서.
오늘 저희에게 용기와 겸손을 주시고
우리가 잘 못한 길을 갈 때 바른 길로 인도하여 주시고
우리를 죄악에 빠지지 말게 하시고 탐욕에서 구하소서.

〈어머니께 바치는 믿음의 기도〉: 신(信)

우리 어머니, 어머니는 진리의 근원이시며
그르침이 없으시므로 일러주시는 말씀을
가르치시는 대로 굳게 믿겠나이다.

〈어머니께 바치는 소망의 기도〉: 망(望)

우리 어머니, 어머니는 생명의 근원이시며
저버림이 없으시므로 믿음과 영원한 사랑을
세상 다하는 날까지 주시기 바라나이다.

〈어머니께 바치는 사랑의 기도〉: 애(愛)

우리 어머니, 어머니는 사랑의 근원이시며
한없이 아름다우시므로 전심을 다해 받들어 모시며
어머니를 내 몸같이 사랑하나이다.

울엄마교 십계명

1

생명의 근원이신 어머니를 믿는 자,
평강과 축복이 함께 함을 의심치 말라.

2

이해타산을 초월한 사랑을 주신 어머니에게
기쁠 때나 슬플 때나 감사하고 또 감사하라.

3

부정과 타락이 유혹할지라도
어머니의 이름을 부끄럽게 할 행동은 하지 말라.

4

이 세상에 단 한분이신 어머니를 한평생 정성으로 모시고 사랑하라.

5

어머니가 주신 영혼과 육신을 소중하게 아끼고 훼손치 말라.

6

어떤 일이 있어도 어머니를 무시하거나 비난하지 않으며
항상 공손히 섬기라.

7

절대로 어머니를 다른 어머니와 비교하지 말고
있는 그대로의 어머니를 존경하라.

8

어머니도 한 사람의 여자라는 사실을 인식하고
어머니의 꿈과 사랑을 위해 헌신하라.

9

자식에게도 어머니의 분신이라는 확신을 심어주고 공경하게 하라.

10

어머니의 말씀이 나의 앞길을 밝혀주는 진리라 믿고 따르라.

을엄마교 운영 조직도

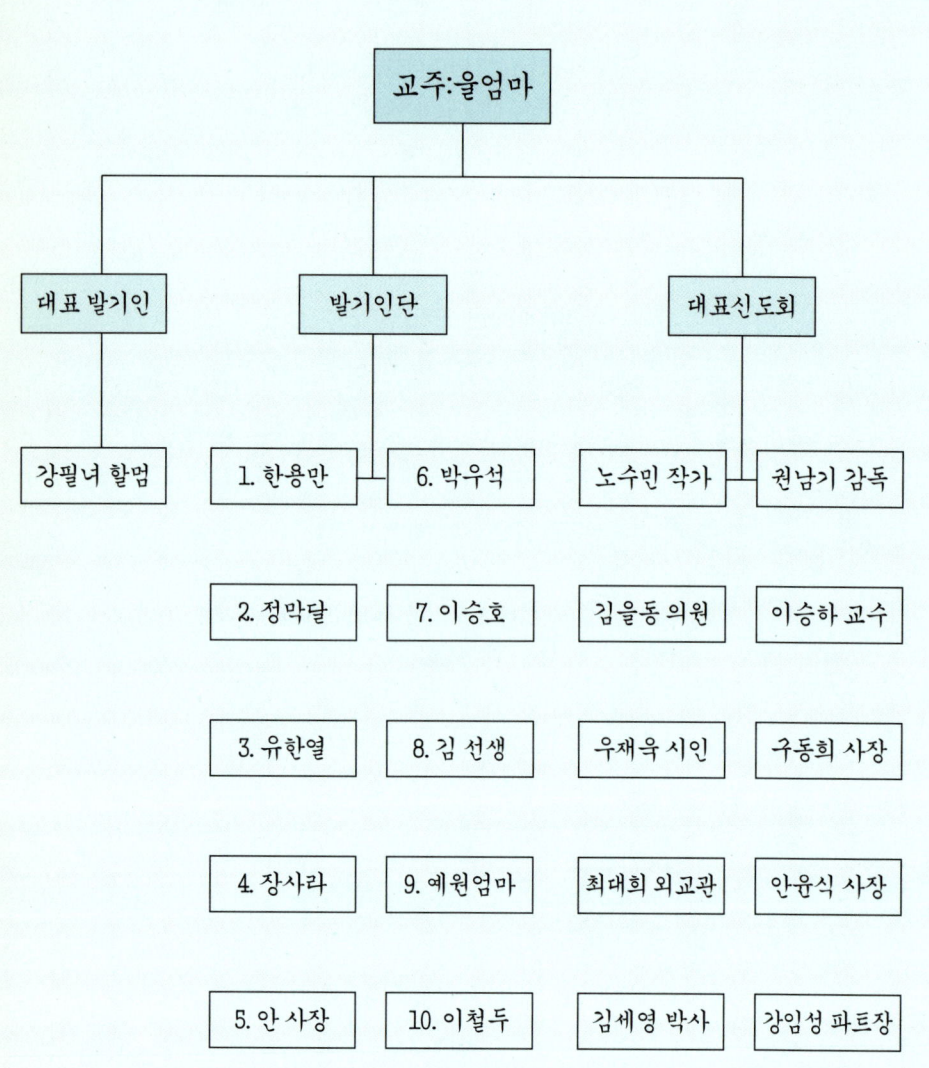

	교주:을엄마	
대표 발기인	발기인단	대표신도회
강필녀 할멈	1. 한용만 / 6. 박우석	노수민 작가 / 권남기 감독
	2. 정막달 / 7. 이승호	김을동 의원 / 이승하 교수
	3. 유한열 / 8. 김 선생	우재욱 시인 / 구동희 사장
	4. 장사라 / 9. 예원엄마	최대희 외교관 / 안윤식 사장
	5. 안 사장 / 10. 이철두	김세영 박사 / 강임성 파트장

울엄마교는 분명 사이비 종교임에 틀림없다.

그러나 결코 사이비 종교가 아님을

여러분은 이 책을 통해서 알게 될 것이다.

— 울엄마교 저자

서장(序章)

울엄마교의 탄생 전야

밤 9시가 가까운 시간이었다.

그날 열 명의 장충동 상조회 사람들은 통장님의 급한 전 갈을 받고 영문도 모르는 채 욕쟁이 할머니 집으로 달려갔다. 할머니에게 온갖 욕을 다 먹으면서도 무엇이 그리 좋은지 항상 싱글 거리는 통장님은 할머니의 유일한 가족이다. 할머니는 이북에서 피난 내려오다가 가족을 잃고 혈혈단신 혼자가 되었다. 결혼 삼 개월 만에 남편을 저 세상으로 보내고 아들과 단 둘이 살고 있었 다. 젊은 통장님은 법 없어도 살 사람이라는 말을 들어온 선량한 사람이기에 그 모질고 욕심 사나운 할머니의 아들이라는 사실이 도저히 믿기지 않았다. 모두들 어떻게 그런 할머니 밑에서 통장님 같은 인물이 태어날 수 있는지 알 수 없다고 했다.

아무도 그의 정확한 나이를 알지는 못했다. 할머니가 하도 서른아홉이라 했다가 마흔이라 했다가 매번 다른 나이를 말했기 때문이었다. 누군가가 답답해서 본인한테 물으면 '저도 이제 헷갈리네요.' 하고 씩 웃었다. 어쨌든 결혼할 나이가 넘은 것만은 확실했다. 그런데도 별 바쁘다는 기색 없이 형제도 아내도 자식도 없이 어머니와 단 둘이 노총각으로 외롭게 살았다. 매사에 그렇게 느긋하던 통장님의 그토록 다급한 호출에 사람들은 하던 일을 내던지고 달려왔다.

"이 밤에 긴급 상황이라니 무슨 일이랍니까?"

"글쎄요. 할머니가 위독하다는 것 같던데요."

거의 같은 시각에 도착한 몇 몇 사람들이 할머니의 식당 앞에 모였을 때 가게 문은 닫혀 있었고 안으로 통하는 쪽문만이 열려 있었다. 실지로 할머니 식당의 안채를 들어가 보기는 그들 모두 처음인지라 잠시 멈칫거렸다. 안채가 낯설기도 했지만 뭔가 섬뜩한 느낌을 떨쳐 버릴 수가 없었다. 불빛도 없는 컴컴한 식당 뒤꼍을 지나 안마당으로 들어서는 입구는 제법 어두웠다. 그 어두움 속에서도 달빛 덕인지 흠잡을 데 없이 정돈된 장독대며 깨끗이 치워진 마당이 어렴풋이 눈에 잡혔다. 할머니의 별스럽게 깔끔한 성격이 그대로 드러나 보였다.

마루에는 흐릿한 전등이 간신히 어둠을 가릴 정도로 불빛을 비추고 있었다. 천하의 구두쇠 할머니가 전기를 아끼기 위해 제일 촉수가 낮은 전구를 끼워 두었을 것이 뻔했다.

"통장님!"

그들이 안방 문을 노크하자 통장님이 부스스 문을 열었다. 어두운 불빛에 보아도 그가 울고 있음을 알 수 있었다. 방안에는 이미 한 건물에 사는 두 명의 상조회 회원이 와 있었다. 그들도 심각하고 침울하기는 마찬가지였다. 방 한가운데는 잠이 든 듯 욕쟁이 할머니가 자리하고 누워 있는 모습이 보였다. 식당 문을 일찍 닫고 자리에 누울 할머니가 아닌데 이변이라면 이변이었다. 평생 단 하루도 식당을 쉬어 본 적이 없는 할머니였다. 연중무휴가 할머니집 장사 원칙이었다.

"어머님이 조금 전에 운명하셨습니다."

통장님이 다시금 눈물을 쏟았다. 그 말에 모두들 놀라 방바닥에 털퍼덕 주저앉았다.

"오늘 아침까지도 가게 문을 여셨잖아요?"

"아니…… 그동안 어디가 편찮으셨나요?"

아들을 향해 질문이 쏟아졌다.

"원래 심장이 좋지 않으셨어요."

아직 어머니가 돌아가셨다는 충격에서 벗어나지 못한 아들이 침착해지려고 애쓰는 모습이 역력했다.

"그렇다고 이렇게 갑자기……."

"어머니는 이미 오늘이 마지막임을 아셨던 것 같은데……."

통장님이 말을 잇지 못하고 흐느꼈다.

"오늘 손님들한테 안주는 다 무료로 주고 해로운 술은 돈을 받는다고 하셨다면서요?"

여자들이 통장님에게 여러 가지를 물었다. 왜 그렇게 눈치가 없느냐고 면박을 주고 싶은 눈치였다.

"예. 제가 눈치를 챘어야 하는 건데……. 저녁 장사 접자고 해서 말씀대로 가게 문을 닫았어요. 몸이 좋질 않아 좀 쉬겠다고 하시면서요."

"그럼 바로 병원으로 모시지 않고……."

"마지막에 어머님이 굳이 집에서 조용히 보내달라고 하셔서요."

"끝끝내 독하게 가시네."

여자들이 그 말을 하며 울먹거렸다.

"마지막에는 편안하게 가셨는가?"

김 선생이 울컥 하는 마음을 진정하며 통장님에게 물었다.

"예. 가슴을 움켜쥐면서 아파하다가 좀 누워야 되겠다고 해서 자리를 펴 드렸는데 벌써 얼굴색이 달라지더라고요. 의사를 부르겠다고 하자 제 손을 붙잡았어요. 괜한 짓 하지 말라고. 몇 가지 겨우 이르고는 제 손을 놓으셨어요."

"그때가 몇 신지 봤는가?"

"예. 김 선생님께 전화 걸던 그 시간입니다."

모두 시계를 보았다. 한 시간도 채 되지 않은 사이에 다섯 명이 모였다. 통장님이 연락을 취한 사람들은 모두 여덟 명이었다. 여자가 세 명, 남자가 다섯 명이었다. 할머니가 만든 상조회는 통장님까지 열 명이라 했다. 아마도 할머니까지 열 명인 듯 싶었다.

"장의사를 불러야겠지요?"

제일 연장자인 김 선생이 모인 사람들을 둘러보며 나지막이 물었다. 일생을 공무원으로 살다가 명예롭게 퇴직해 이제는 은행 건물에서 경비를 보고 있는 착실한 양반이었다. 경조사에 워낙 쫓아다닌 경험이 있어 큰 일이 닥치면 김 선생을 찾는 사람이 많았다. 역시 그는 장례 절차에 대해 서두를 꺼냈다.

"아니, 그전에 어머니가 먼저 연락하라는 곳이 있어서 연락을 취했어요."

"누군데요?"

사람들이 동시에 물었다.

"저도 모르겠어요. 평소에 말씀하시길 어머니에게 무슨 일이 생기면 제일 먼저 연락하라고 하셔서 연락했어요. 곧 오신답니다."

거짓말처럼 그 말과 동시에 방문을 노크하며 들어선 남자에게로 모두의 시선이 향했다. 두꺼운 뿔테 안경에 검은 양복과 검은 넥타이를 맨 남자는 근엄했고 점잖았으며 예의가 발랐다. 누워 있는 욕쟁이 할머니에게 먼저 공손하게 인사를 하고 나머지 사람들에게도 꾸벅 인사를 올렸다. 그의 차림새나 행동거지는 진중하고 나이 든 사람 같아 보였지만 가까이에서 얼굴을 보니 아주 젊은 남자였다. 삼십대 중반의 앳된 얼굴을 커버하기 위해 무거워 보이는 검은 뿔테 안경을 쓴 것이 아닌가 짐작되었다. 모인 사람 어느 누구도 그 사람에 대해 아는 바가 없었으므로 그저 그가 하는 양을 말없이 지켜 볼 뿐이었다. 할머니의 친아들인 통장님도 처음 보는 남자인지라 뭐라 할 말이 없었다. 그가 할머니 얼굴 가까이에 다가 앉아 가방을 펼쳤다.

"보고 드리겠습니다."

그가 지금 누구에게 말을 하고 있는지 사람들은 그를 관찰하는 중이었다.

"할머니는 이미 운명 하셨는데요."

변호사가 혹시 할머니가 운명하신 것을 모르고 있는 것이 아닌가 싶어 정막달 씨가 낮은 목소리로 그렇게 귀띔을 해 주었다.

"예. 알고 왔습니다. 제 임무가 강 여사님 사후 문제를 처리하는 거니까요."

그가 흘러내린 굵은 테의 안경을 코에서 눈 쪽으로 밀어 올렸다. 그의 무미건조한 표정과 그 표정보다 더 차가운 말투에 사람들은 딴 나라에서 온 동물 보듯 그를 지켜보았다. 무슨 말을 하는지 도통 알 수 없는 사람들은 그가 도대체 어떤 임무를 띠고 왔는지에 오로지 관심이 쏠렸다 그러는 사이 유한열 박사가 당도했다. 예원엄마와 장사라 씨만 아직 도착하지 않고 있었다. 캄캄한 밤 시간에, 어두컴컴한 전등 밑에서, 늙은이 같은 생면부지의 젊은이가 들이닥쳐 방금 숨진 노파를 눕혀 놓고 아지 못할 무슨 일인가를 벌이고 있는 중이었다. 제일 늦게 도착한 장사라 씨도 그 따지기 좋아하는 성질을 감춘 채 공포 영화의 도입부분을 보는 기분으로 그를 지켜보고 있었다.

"저는 강 여사님의 지목한 법정대리인으로 장례 절차에서부터 재산 뒷정리까지 책임을 맡게 된 이철두 변호삽니다."

그가 변호사라는 말에 사람들은 조금 안도하는 표정이었다. 저승사자가 아닌 것이 다행이라는 그런 얼굴이었다. 통장님의 걱정스럽던 얼굴도 조금은 밝아진 듯하다.

"제일 중요한 것은 장례 문제입니다. 아드님께서 유언장을 열어 보시면 알게 됩니다만 제가 끝까지 책임을 져야 할 부분이 바로 이 장례식입니다. 장례는 강 여사님의 식당에서 배고픈 사람들을 배불리 먹이는 행사로 치러야 한다는 것입니다. 곧 식당이 장례식장이 되어야 한다는 말이지요."

그의 목소리는 아무도 거부할 수 없는 절도와 힘이 있었고 기필코 그 일을 해낼 것이라는 의지가 있었다. 말하는 톤이나 억양이 젊은 사람이라는 느낌이 전혀 들지 않았다. 노숙하고 숙달된 단체의 수장 같은 느낌으로 와 닿았다.

"예? 공짜로 식사를 대접한단 말인감유?"

평소 노랭이 할머니의 지독한 욕설을 못마땅해하던 박씨가 놀란 나머지 자신도 모르게 큰소리로 되물었다. 도무지 믿기지가 않는 말이었다. 박씨는 몇 번이나 할머니의 지독스러운 모습을 목격

한 장본인이었다. 박씨는 주로 밤 일 나가기 직전에 두둑이 국밥 한 그릇을 챙겨 먹는 버릇이 있었다. 밤늦은 시간에는 주로 돈 없는 남자들이 국밥을 안주 삼아 소주 한 잔을 마시며 자리를 차지하고 있기 마련이었다. 불량스러워 보이지 않는 젊은 친구들이 국밥에 소주 한 병을 마시고 서로의 주머니를 털어 보니 돈이 없다며 할머니에게 통사정을 한다. 주민등록증이라도 맡기고 내일 돈 가지고 와서 찾아가겠다고 하지만 어림없는 일이다. 그날 그 젊은 친구들은 할머니의 온갖 요구 사항에 시달려야만 했다. 앞치마 두르고 주방에 들어가 설거지를 하든가 서빙을 하든가 해서 밥값만큼, 혹은 술값만큼 일을 하고야 할머니에게서 풀려났다. 손자 같은 젊은이들에게 너무 심하다 싶을 때가 한 두 번이 아니었다. 보기가 딱해 박씨가 나선 적도 있었다.

"할머니, 걔들 얼마래유? 지가 줄 테니께 그만 보내유."

"미친 소리 말고 잠자코 있어. 밤 잠 못자고 뼈 빠지게 벌어서 시퍼런 놈들 소주 값 델 일 있어? 돈 없으면 안 먹고 안 마셔야지. 어린 것들이 벌써부터 남의 거 그냥 먹고 다녀 버릇하면 못 써."

그런 구두쇠 할머니가 공짜로 누구든지 다 밥을 먹이라니 누군들 쉽게 믿겠는가. 아들도 내심 놀란 듯 했으나 어머니를 잃은 슬픔에 미처 대꾸도 못하고 계속해 눈물만 흘렸다.

"재산 뒷정리라니 할머니에게 재산이 있긴 있나요?"

건물 제일 위층에 사는 장애자 막달 씨가 변호사에게 넌지시

물었다. 모두가 다 궁금한 내용이었지만 할머니 주검 앞에서 차마 묻지 못하고 있던 말이었다. 이철두 변호사가 날카로운 눈빛으로 막달 씨를 돌아보았다. 그녀가 움찔 변호사의 눈을 피했다.

"아니, 난 뭐…… 하도 할머니가 월세 내고 나면 입에 풀칠하기도 바쁘다고 하셔서 장례 치를 돈은 있나 걱정한 거예요."

막달 씨가 주절주절 변명을 늘어놓았다.

"재산이 있고 없고는 장례를 치른 다음에 발표하겠습니다."

"장례비용은요?"

막달 씨가 이왕 말 꺼낸 김에 할 말은 다 하자 싶었는지 끝까지 물고 늘어졌다.

"그건 여기 준비되어 있습니다."

아들인 통장님이 뭐라 한 마디 말할 틈도 없이 이 변호사는 돈이 든 봉투를 그의 앞에 밀어놓고 일어섰다.

"내일부터 식당 문을 여시고 장례를 시작하는 겁니다. 상조회 분들께 남기신 유언장도 곧 전해 드리겠습니다."

이렇게 해서 갑자기 닥친 욕쟁이 할머니의 이상한 장례 절차가 시작되었다. 맨 마지막에 도착한 장사라 씨는 이 변호사의 겁 없고 당당한 말투에 입을 삐죽이며 거부반응을 보였다. 자기 남편보다 유명하지도 않은 변호사가 잘 난체 하는 것 같아 비위가 상한 눈치였다.

다음날 식당 문에는 커다랗게 공지문이 나붙고 조등(弔燈)이 내

걸렸다. 김 선생이 붓글씨로 쓴 달필이 유난히 돋보였다.

그동안 욕쟁이 할머니를 아껴 주신 여러분, 감사합니다.
할머니가 세상을 떠나셨습니다.
장례가 끝나는 모레까지 배고픈 분들은 누구나 오셔서 식사를
하십시오. 할머니가 이승에서 마지막으로 대접하는 무료 식사
입니다.

주인 백

점심시간이 되자 여느 때와 마찬가지로 사람들이 몰려들었다.
조등을 보고 멈칫거리다 돌아서는 사람도 있었고 식사를 하고 조
의금을 슬그머니 놓고 가는 사람도 더러 있었다.
　"정말 할머니가 돌아가셨어요?"
　정정하던 할머니의 죽음이 믿기지 않는다는 사람이 제법 많았
다. 워낙 무서운 욕쟁이 할머니였던 탓에 슬퍼하거나 울먹이는 사
람은 많지 않았다. 대개는 간단한 애도의 뜻을 표하고는 공짜 식
사에 만족스러운 표정이었다. 죽은 사람은 죽은 사람이고 제일 맛
있는 음식은 공짜 음식이라고 떠드는 이도 있었다. 남의 죽음이
자기 자신의 한 끼 식사만도 못한 가벼운 일로 받아 넘기는 사람
들이 아들은 야속하기도 했다. 국을 푸고 밥을 푸면서도 통장님은
손님들이 하는 말에 귀가 활짝 열려 있었다.

"천 년 만 년 살 것처럼 그렇게 욕을 해대더니 칠십도 못 넘기고 가시네."

그 정도 뒷담화는 양반이었다.

"그까짓 거 국밥 한 그릇이 얼마라고 그리 부들부들 떨면서 수전노 노릇을 하더니……. 무덤 속에는 노자 돈을 얼마나 넣어 가시나."

할머니가 내는 공짜 국밥 먹으면서도 결국에는 할머니 험담이 그들의 화제였다. 어머니가 이런 일을 왜 하라고 하는지 아들은 이해할 수가 없었다. 살아생전에 안 하던 일을 왜 죽어 장례 치르는 일에 하라고 했는지 아들은 어머니에게 묻고 싶은 심정이었다.

저녁 식사 시간에는 그새 입소문이 났는지 노숙자들이 대거 찾아와 북새통을 이루었다. 개중에는 할머니 손맛이 아니라고 투덜거리는 사람도 있었다. 일손이 딸려 빨리 챙기지 못하면 짜증을 내기도 했다.

"공짜 손님이라고 푸대접하는 거 아니야?"

얻어먹으면서도 투정을 부렸다.

"상가 집에 술이 없는 게 말이나 돼? 슬퍼서 마셔야 한다고."

할머니가 그렇게 싫어하던 술은 내지 않자 술 내놓으라고 악을 쓰는 남자들도 나타났다. 아마도 할머니는 이승에서 자기가 남에게 욕했던 것만큼 실컷 욕을 먹고 가기로 작정한 것 같았다. 어머니를 잃은 아들로서는 견디기 어려운 수모를 겪는 장례 과정이었

다. 만 이틀 동안 사람 좋기로 소문난 통장님도 더는 참아내지 못
할 곤욕을 치렀다.

구청, 동회, 관할 지역 단체장들은 식사는 하지 않고 조의금만
전하고 갔다. 한 자리에서 40년씩 장사를 한 덕인지 문상객은 발
디딜 틈 없이 밀려들었다. 안채에 빈소가 마련되어 있었지만 굳이
안채에까지 들어오려는 사람은 드물었다. 몇 몇 어르신들만이 영
정이 모셔진 빈소에 들러 제대로 조문을 하고 돌아갔다.

발인 날이 다가왔다. 발인 바로 전날 이철두 변호사가 다시 나
타났다. 그는 유언장을 공개하겠다며 문상객의 발길이 끊긴 늦은
시간에 상조회 사람들을 불러 앉혔다.

"여러분들이 좀은 놀라실 것입니다. 강필녀 여사님은 너무나
검소하게 열심히 사셨고 성실하게 사신 분입니다. 그 덕에 많은
재산을 남기셨습니다."

이 변호사는 욕쟁이 할머니의 유언장을 통해 재산 내역을 공개
했다.

재산 내역은 모인 사람들을 경악하게 만드는 수준이었다. 월세
로 식당을 얻어 장사하고 있다던 3층 건물도 할머니 소유였고, 건
너편 1층 목욕탕과 2,3층 상가와 그 위층은 원 룸인 7층 빌딩도
할머니 소유였다. 그 외에도 독거노인을 위한 복지 시설과 장애자
보호소, 미혼모와 그 아이들의 수용소 등 몇몇 사회복지사업 단체
를 운영하고 있다고 했다. 그 땅과 건물도 모두 할머니가 사서 지

어 희사한 것들이었다. 부동산과 법인 재산 외에 모아 놓은 동산이 50억 원에 달했다. 아들은 너무 놀란 나머지 넋이 나간 사람처럼 보였다. 더욱 놀라운 일은 할머니 개인 소유의 동산과 부동산을 합쳐 300억이 넘는 재산을 모두 아들이 아닌 필요한 이웃에게 나누어 주었다는 사실이었다. 그 혜택을 받을 사람들이 바로 할머니가 만들어 놓은 열 명의 상조회 사람들이었다. 이철두 변호사는 아들과 상조회 사람들에게 각각 유언장 한 통씩을 넘겼다. 상상조차 못한 꿈같은 일이 현실에서 벌어지고 있는데도 그들은 전혀 실감이 나지 않았다.

그들은 떨리는 심정으로 조용히 유언장을 열어 찬찬히 읽어 내려갔다.

꽤 긴 시간이 흘렀다.

제일 먼저 아들인 통장님이 '흑' 하고 흐느끼며 소리죽여 울음을 터뜨렸다. 여기 저기 몇 몇 사람도 아들처럼 아지 못할 흐느낌을 토해냈다.

제1장

생명의 근원이신 어머니를 믿는 자,
평강과 축복이 함께함을 의심치 말라

긴 침묵 끝에 통장인 아들 한용만 씨가 낮은 목소리로 입을 열었다.

이미 욕쟁이 할머니의 유언장을 다 읽은 후였다. 그는 자꾸만 눈물을 닦았다. 말을 꺼내려 해도 목이 멘 탓에 말이 되어 나오지를 않았다. 몇 번 헛기침을 하고야 목이 트이고 말이 되어 나왔다.

"어머니 앞에서 여러분께 고백할 것이 있습니다."

그는 떨리는 음성으로 비장한 고백성사를 시작했다. 아무도 통장님에게서 눈을 떼지 않았다. 그 다음 말이 어서 이어지기를 기다리는 눈치였다.

"저는 여러분들이 알고 있는 그런 놈이 아닙니다. 법 없어도 살 사람이라고 하시는 그런 착한 인간이 아니라는 말입니다. 저는 어머니를 아주 많이 미워했습니다."

그 말에 잠시 수군거리는 술렁임이 일었다. 항상 웃고 항상 어머니 말에 순종하는 모습만 보아 온 그들로서는 할머니가 모아 놓았다는 재산만큼이나 믿기지 않는 일이었다.

"돈밖에 모르는 수전노에 욕쟁이에 상대방에 대한 배려라고는 눈곱만큼도 없는 무식한 어머니가 창피하고 원망스러웠습니다. 제가 결혼을 하지 않은 이유도 어머니를 버리지 않는 한 어느 여자가 그런 시어머니를 모실까 싶어서였어요. 외출도 못하게 하고 이 나이가 되도록 용돈 한 푼 주는 일도 없었어요. 그저 그때그때 차비 몇 천원, 약값 몇 백 원 타 쓰는 것이 고작이었지요. '먹여주고 재워주고 옷 사주는데 무슨 용돈이 필요하냐?' 늘 그렇게 말씀 하셨어요. 제 차림을 보셔서 아실 겁니다. 겨울에는 겨울 옷 한 벌, 여름에는 티셔츠 두어 벌로 한 계절을 보냈습니다."

그의 말은 사실이었다. '통장님' 하면 똑같은 옷에 똑같은 차림이 먼저 떠올랐다. 모두의 눈에 익은 옷차림이 아닌 때는 구청이나 동회로 일을 보러 나갈 때뿐이었다.

"제겐 밥 손님 외에는 친구 한 명도 없습니다. 고등학교 동창들도 밥집에 찾아오는 손님이어야만 얼굴을 볼 수 있었습니다. 그건 친구가 아니라 그저 우리 집 손님인 거죠. 싸구려 식당 종업원도 이렇게 살진 않더라고요. 얼마나 어머니가 미운지 어머니를 버리고 혼자 밤도망을 칠 생각도 여러 번 했었어요."

그가 볼에 흐르는 눈물을 거친 주먹으로 문질렀다. '따로국밥'

이라는 메뉴 앞에 '욕쟁이네'라는 특별한 별칭이 붙은 지도 어언 40년. 아들은 그 중 반인 20년을 어머니 밑에서 장사를 배워 왔다. 최근에는 '욕쟁이' 뒤에 '할머니네'가 하나 더 붙었고 5년 전부터는 아들이 도맡아 주인 노릇을 해 왔지만 돈 한 푼 만져 본 적이 없었다.

"밥집 일이 너무나 하기 싫어서 대학에 가겠다고 했을 때 '명문대학가서 일 이등을 할 게 아니면 가지 말라.'고 했던 어머니였습니다. 그 말이 뼈에 사무칠 정도로 섭섭해서 대학 진학도 포기한 채 살아왔습니다. 아니, 대학뿐 아니라 내 인생을 다 포기했다고 해도 과언이 아닙니다. 차츰 어머니에 대한 원망이 커져 갔습니다. 그러나 어머니 앞에서 내색하지 않았습니다. 어차피 욕쟁이 어머니에게 덤벼 보았자 통하지도 않을 것이기에 자포자기한 채로 살았던 것입니다."

"그래도 항상 웃는 얼굴이었잖아요. 어떻게 그럴 수 있죠?"

장사라 씨가 금테 안경 너머로 통장님을 쳐다보며 따지듯 물었다.

"좋아서 웃은 것이 아니라 오히려 그 반대로 반항심을 웃음으로 나타낸 겁니다. 욕을 먹어도 웃고 화가 나도 웃었지요. 한 마디로 그렇게 사는 어머니를 비웃은 거였어요. 웃으면서도 속으로는 내가 자유인이 되는 날만을 손꼽아 기다렸습니다. 그런데 어머니의 유언장을 보니 저의 그런 심정까지도 다 헤아리고 계셨네요.

모르시는 줄 알았는데 제 학교 성적도 이미 다 알고 계셨고요. 서울에 있는 삼류대학에도 가기 힘든 성적이라는 것을 알고 오히려 제가 대학 입시에 실패하고 좌절할 것이 염려스러워 선수를 치셨던 겁니다. 대학 가지 말라고. 저는 정말 몰랐습니다. 어머니의 깊은 속을."

그가 울음을 삼키며 욕쟁이 할머니의 일생에 대해 알고 있는 모든 것을 처음으로 털어 놓았다.

욕쟁이 할머니 강필녀는 1.4 후퇴 때 10살의 나이로 황해도 안악에서 피난을 내려왔다. 부모님과 남동생 그리고 엄마 등에 업힌 여동생까지 모두 다섯 식구가 피난길에 나섰다. 필녀네 가족뿐 아니라 여러 세대가 함께 동행 했다. 남한으로 안내하는 길잡이를 따라 야밤 피난길에 나섰던 것인데 남쪽 경계선이 얼마 남지 않은 곳에서 북한군에게 발각이 되고 말았다. 총소리가 콩 볶듯 쏟아지고 사람들은 양 사방으로 살 길을 찾아 흩어졌다. 총소리가 멎고 주변이 쥐죽은 듯 고요했다. 남쪽 안내자가 필녀의 잡은 손을 가만가만 흔들었다.

"애야, 괜찮니?"

"예."

"그럼 소리 내지 말고 살살 기어서 저기까지 가는 거야. 내 손을 놓지 마라."

"엄마, 아빠는요?"

"널 데려다 놓고 다시 와서 찾아보마."

"알았어요."

안내인은 필녀의 손을 쥔 채 남쪽 경계선까지 기었다. 남쪽 경계를 넘자 안내인은 사람들을 찾으러 돌아가지 않았다.

"사람들을 찾아 와야죠. 우리 엄마, 아빠랑 동생들을 데려와야죠."

"모두 다 총에 맞았어. 산 사람이 없었다."

"자세히 살펴보지도 않았잖아요."

"나는 전문가란다. 우린 보면 금방 알 수 있어. 겨우 목숨이 붙어있는 사람도 한 둘은 있겠지만 움직일 수 없는 사람은 데려올 수 없어."

"안 돼요. 내가 가서 데려올 거예요."

10살 소녀는 오던 길을 되돌아가겠다고 돌아섰다. 아버지 손을 잡고 있던 남동생도 어머니 등에 업힌 여동생도 북한군이 쏘아대는 총에 맞아 그 자리에서 숨졌다. 다른 가족들도 모두 쓰러져 생사를 알 길이 없었다. 방향 감각을 정확히 알고 있던 남쪽 안내인 손을 잡고 달리던 강필녀만이 그와 함께 살아남았다. 처참하게 쓰러진 가족들을 두고 발길이 떨어지지 않아 발버둥을 쳤다.

"너 자꾸 이러면 여기다 버려두고 나 혼자 갈 거야. 난 살아야 하거든. 너 같은 어린 새끼들이 이 아버지를 기다리고 있으니까."

안내인 아저씨가 협박하는 통에 울면서 그를 따라야 했다. 그들의 생사를 확인하기는커녕 마지막 모습조차 자세히 살펴보지 못한 것이 두고두고 마음에 걸렸다. 같이 죽더라도 기어이 그들 곁으로 갔어야 하지 않았을까 하고 항상 후회가 되었다. 울고 있는 필녀를 아저씨가 달랬다.

"안 됐지만 어쩌겠냐? 다들 각오하고 시작한 일인데……. 너라도 남한까지 데려왔으니 그것도 다행이지."

강필녀는 그나마 인정 많은 안내자 손에 이끌려 그의 집으로 갔다. 안내자 말대로 고만고만한 또래의 아이들이 세 명이나 있었고 반지르르 윤기 도는 하얀 얼굴의 예쁜 아내도 있었다. 목숨 걸고 남북한을 넘나들며 큰돈을 버는 탓인지 꽤 잘 사는 듯했다.

"안 그래도 애들 성화에 병이 날 지경인데 또 애를 데려오면 어떻게 해요?"

강필녀를 보자 예쁜 아내가 짜증을 부렸다.

"그럼 애를 버리고 오나? 그 자리에서 부모님, 동생들 다 숨졌는데? 당분간 데리고 있으면서 방법을 찾아봅시다. 자식 키우는 사람은 그러는 게 아니야."

강필녀는 갈 곳 없는 자기를 받아준 안내자 아저씨를 위해 집안일을 도맡았다.

"쪼그만 게 제법이야. 눈치도 빠르고 일도 곧잘 하는 걸."

필녀를 볼 때마다 눈 꼬리를 올리며 곱지 않은 시선으로 대하던 아줌마도 차츰 웃는 얼굴로 대해 주기에 이르렀다. 그야말로 3.8 따라지의 식모살이가 시작된 것이었다. 한두 살 터울인 아이들도 필녀를 친구처럼, 언니처럼, 누나처럼 따랐다. 고달프긴 했지만 남한 생활의 시작은 순조로운 듯 보였다. 그러나 일 년도 채 되지 않은 어느 날, 아줌마가 울다 쓰러지고 또 울고 하면서 정신이 나간 상태로 몸져누웠다.

"말도 안 돼. 난 어쩌라고. 절대로 위험한 일은 하지 않는다고 나하고 약속했는데……."

그녀의 친정어머니가 달려오자 아줌마는 미친 듯이 소리치며 울었다. 아저씨에게 필녀의 가족과 같은 일이 벌어진 것이 분명했다. 그날 이후로 안내자 아저씨의 모습은 볼 수 없었다. 필녀도 잃어버린 가족 생각에 슬피 울었고 많은 눈물을 흘렸다. 아줌마 눈에는 그동안 잘 대해 준 아저씨를 생각하며 우는 것으로 보였을지 몰랐다.

"필녀야, 안 됐지만 너도 갈 곳을 찾아야겠다. 이젠 아저씨가 없어서 돈을 벌어다 주지 못해. 그래서 집도 팔고 생활 규모도 줄이고 나도 애들과 살 길을 찾아야 해."

아줌마가 필녀를 앞에 앉혀 놓고 이야기를 하다가 또 울음을 터뜨렸다. 필녀도 덩달아 울었다.

"아줌마가 돈 벌러 나가시면 살림할 사람이 필요하잖아요. 제가 애들을 돌볼게요."

"말은 고맙지만 이 집 팔고 친정집으로 들어가기로 했단다. 엎혀살러 들어가면서 너까지 데리고 들어갈 수는 없잖니?"

아줌마는 그동안의 수고비라며 약간의 돈을 손에 쥐어주었다. 겨우 11살인 필녀는 그 집을 나왔다. 무작정 괜찮아 보이는 식당이 있으면 문을 열고 들어갔다.

"일하는 사람 필요하지 않으세요?"

"필요하긴 하지만 너 같은 꼬마는 필요 없단다."

"제가 남의 집 살림을 다 맡아서 살았기 때문에 일 잘해요."

"아무리 잘해도 어른만 하겠니? 더 크면 와라."

"그럼 일 하고 월급은 안 받을 테니까 먹이고 재워만 주세요."

끼니를 해결하고 잠자리를 얻는 일이라면 어떤 궂은일도 마다하지 않았다. 아줌마가 준 돈은 한 푼도 건드리지 않고 비상금으로 간직했다. 끼니를 해결하기 위해서는 식당이 제일이다 싶어 주로 식당으로 일거리를 찾아 나섰다. 식당마다 너무 어리다며 정식 종업원으로 채용하기를 꺼렸다. 월급 주는 종업원으로는 채용하지 않으면서 단지 먹여주고 재워주는 대가로는 모질고도 혹독하게 부려먹었다. 식당에서 식당으로 전전하며 일도 배우고 어깨너머로 주방장의 음식 솜씨도 익혔다. 식당 문을 닫고 나면 굴러다니는 책, 버려진 책을 주워 독학으로 공부도 하고 장부 정리 하는 법도 배웠다. 눈썰미가 남달라 한 번 본 것은 비슷하게 만들어내는 재주도 있었다. 이 식당 저 식당으로 전전하는 동안 십년이 흘러갔다. 마지막 식당에 종업원으로 들어갔을 때 필녀는 이미 미성년자를 면한 스무 살이었다. 이제 그녀를 어리다고 거절하는 사람은 없었다. 오히려 부지런한 필녀를 있던 식당에서 빼내 가려는 업주들이 생길 정도였다. 단골손님 주선으로 인품이 좋은 주인 밑으로 옮긴 것이 필녀의 마지막 남의 집살이가 되었다. 인상에서도 넉넉한 성품이 엿보였다. 필녀는 언제나 하던 대로 열심히 일을 했다. 시키지 않는 일을 스스로 찾아서 할 줄 아는 일등 종업원이었다. 그곳 주인은 필녀를 눈여겨보았고 그녀의 부지런함과 성실함에 칭찬을 아끼지 않았다. 다른 사업도 하고 있던 주인은 아예 식당 영업은 필녀에게 맡기다시피 했다. 주인의 신임을 얻어 식당을 혼자 경영하면서 그 식당을 소문난 집으로 만들어 놓았다. 주인은 필녀에게 고마움의 보답으로 식자재를 납품하던 용달 총각과 결혼을 시켜 주었다. 낡은 용달차 한 대가 전 재산인 노총각이 용달차를 보물단지 모시듯 귀하게 여긴다고 모두들 그를 '용달 총각'이라 불렀다. 말이 총각이지 이십 대의 어린 필녀에게는 아저씨 같은 삼십 대 후반의 남자였다.

"가진 건 없어도 너희들처럼 부지런하게 살면 금방 부자가 될 거야."

필녀도 마다하지 않았다. 피붙이라고는 하나도 없는 세상이 몸서리치게 외로웠고 내 가족을 갖고 싶은 마음이 간절했던 것이다. 식당 주방에 달린 식자재 보관 창고를 개조해 신접살림을 차렸다.

주인의 주례로 식당에서 결혼식을 올렸다. 필녀 쪽 축하객도 용달 총각 쪽 하객도 두세 명에 불과했다. 주인 집 식구들과 주인이 불러 모은 단골손님과 식당 종업원이 대부분이었지만 결혼식은 그리 썰렁하지 않았다. 푸짐한 음식과 넉넉한 주인의 덕담이 풍성했다. 그날 하루 남산을 한 바퀴 돌아 시내에 있는 호텔에서 신혼 첫 밤을 보냈다. 그녀가 남한으로 내려 온 후 처음으로 일손을 놓은 날이었다.

"내 일생에서 가장 불편한 날이었어. 죽도록 일만 하던 사람더러 일손 놓고 놀라고 하지를 않나. 어디 그 뿐인가? 생전 처음 보는 거나 다름없는 남자와 잠을 자야 한다니 겁도 나고 편치를 않았지."

강필녀는 가끔 결혼식 날의 소감을 아들에게 그렇게 말하곤 했었다.

결혼 생활은 제법 사는 재미를 느낄 만큼 훈훈했다. 나이가 많아서인지 용달 총각은 새 각시 필녀를 끔찍하게 위해 주었다. 추운 날, 자기 목에 둘렀던 머플러도 풀어 그녀 목에 감아주고 새벽 시장에 따라 나서면 찹쌀 꿀 호떡과 따끈한 어묵도 사 먹었다. 필녀는 부모님 외에 다른 사람으로부터 따뜻한 보살핌을 받아보기는 처음이었다. 가족이 생겼다는 기쁨에 식당 일이 고된 줄도 몰랐다. 하루 종일 식당 일이 고달파도 마감을 하고나서 오붓하게 두 사람만 남는 시간이 돌아오면 피곤이 눈 녹듯 녹았다. 필녀는 부끄러워서 밝은 데서는 남편을 바로 쳐다보지도 못했다. 왜 그리도 서먹서먹한지. 당연히 부부간의 잠자리도 캄캄하게 불을 끄고야 허락했다. 겨우 얼굴을 바로 쳐다볼 수 있을 정도로 정을 붙여가던 결혼 3개월 만에 그녀는 또다시 혼자가 되었다. 컴컴한 겨울 새벽시장에 장보러 나갔던 남편이 후진하는 트럭에 치어 그녀 곁을 떠났다. 20대에 청상과부가 된 것이다. 그 당장에는 눈물도 나오지 않았다. 남편의 실체가 꿈인 듯 생시인 듯 실감나지 않았기 때문이었다. 언뜻 달콤한 꿈을 꾼 듯도 하고 생시였던 것 같기도 할 정도로 아주 잠깐 가족 맛을 본 백일몽이었다.

"이년의 팔자가 그렇지. 무슨 복에 남편 사랑을 받고 살겠어요. 부모님도 날 두고 가셨는데……. 이제 이 식당을 떠날 때가 됐나 봐요. 그동안 감사했습니다."

주인의 만류를 뿌리치고 그 식당을 나왔다. 그곳에서 맛보았던 남편의 살가움이 날이 갈수록 생각나서 더 이상 그 방에 머물 수가 없었다. 남쪽 지방의 구인 광고를 보고 인조 짜는 공장으로 들어갔다. 죽기 살기로 인조를 짜며 가족 잃은 슬픔에서 벗어나려 애썼다. 서울도 식당도 지긋지긋하게 싫었다. 용달차에 야채를 싣고 지나가는 것만 보아도 가슴이 철렁 내려앉았다. 철없어서 그랬는지 10살까지 키워준 부모도 그렇게 절절하게 그립지는 않았던 것 같았다. 그러다 어느 날 새로운 가족이 배 속에 자리 잡고 있음을 알고 필녀는 목 놓아 울었다. 고향을 떠나 남쪽으로 넘어오다가 부모님과 동생들을 잃은 후 처음으로 그렇게 많이 울었다고 했다.

"아가야, 고맙다. 용달 총각 고마워요. 나에게 가족을 남겨주고 가서……."

필녀는 새로운 가족이 잉태되었음을 알자 용기 충천하여 인조 공장을 그만두고 서울로 올라왔다. 그동안 모아 두었던 돈으로 작지만 내 식당을 열기로 결심한 것이다.

내 자식에게 남 밑에서 기는 꼴을 보여주고 싶지 않다는 일념에서였다. 테이블 두 개와 주방 앞 카운터에 두어 사람 걸터앉으면 그만인 좁은 가게였다. 가득 다 들어앉아도 10명을 넘지 않는 작은 공간이었다. 대신에 가게 세는 부담 없이 쌌다. 국밥 한 가지 메뉴만으로 식당을 시작했다. 마침 노동자들이 모이는 인력 시장 근처여서 새벽 국밥 장사에 승부를 걸었다. 20대의 새파란 여자가 꼭두새벽부터 씩씩하게 국밥을 말아냈다. 일거리를 못 찾고 허탕을 친 노동자들은 국밥집에 주저앉아 처녀인지 아줌마인지 모를 국밥집 여자에게 농지거리를 던져보았다.

"점잖으신 양반이 저 같은 시장 장돌뱅이한테 무슨 망신을 당하고 싶어 그러세요? 저 막말도 쌍 말도 아주 잘하는 악만 남은 여자예요."

필녀는 농담 건 남자의 눈을 똑바로 쳐다보면서 거친 여자의 말투로 자신을 최대한 비하시켰다.

"날씨도 추운데 따끈한 국물이나 더 드시고 일찍 들어가세요."

국그릇에 국물을 넘치게 갖다 부어주는 것으로 그들의 입을 막았다. 한참이나 어린 여자에게 개망신 당하고 싶지 않은 남자들의 심리를 필녀는 잘 알았다.

국밥 맛이 남다르다는 소문이 나자 시도 때도 없이 좁은 가게 안은 북적거렸다. 보온 밥솥에서 따끈한 밥은 얼마든지 더 가져다 먹도록 했다. 1970년대에 밥을 무한 리필 한다는 것은 배고픈 이들에게 구미 당기는 일이었다. 좋은 쌀을 구입해 기름진 쌀밥을 지었고 가게 바깥 연탄 화덕에 내놓고 365일 끓이는 구수한 육수는 지나는 이들의 후각을 자극해 입맛을 다시게 했다. 국밥에 곁들여 나오는 뻘건 깍두기 또한 그 집의 별미였다.

"음식 솜씨가 대단하시네. 이런 맛을 내기가 쉽지 않은 법인데."

큰 가게를 얻어 자기랑 동업을 하자는 제의도 들어왔지만 필녀는 한 마디로 거절했다.

"저는 동업은 안 합니다. 적게 벌어 적게 먹는 게 속 편하지요."

식사 시간에는 바깥에서 자리가 나기를 기다리는 손님들이 늘어갔다. 겨울을 제외한 계절에는 식당 앞 파라솔 임시 탁자에도 손님이 넘쳐 났다. 크게 남는 장사는 아니었지만 적게 남고 많이 팔아 그 이익금을 한 푼 쓰지 않고 모아갔다. 처음 일 년 동안은 술을 팔지 않았다. 대신 손님들이 술을 들고 와서 마시는 것은 허용했다. 그러나 노동자가 손님의 대부분이던 추운 새벽, 국밥에 해장술 한 잔은 그들의 힘이었고 용기였고 삶의 낙이었다. 그들더러 그 새벽에 가게에 가서 술을 사오랄 수는 없었다. 그래서 술을 가져다 놓기 시작한 것이 술을 팔게 된 계기가 되었다. 그녀는 정신을 돌게 하는 술을 사람들이 왜 마시는지 모르겠다고 노상 말했다.

"정신 똑바로 차리고 살아도 살기 힘든 세상에 술에 취해서 엄벙덤벙 어떻게 살려고 그래?술은 멀쩡한 사람을 미치갱이로 만드는 독약이야."

필녀는 식당 종업원 생활을 하면서 점잖던 사람들이 개처럼 변해가는 모습을 너무나 많이 보아왔다. 술꾼들로부터 추잡한 시달림도 많이 받으며 살아온 탓인지 술을 경멸하는 말들을 입에 달고 살았다.

"이 아저씨야, 술은 그만 퍼마시고 밥을 먹으라고. 우리 집은 술집이 아니라 밥집이라고."

술을 한 병 이상 주지 않으려고 실랑이를 벌이다보니 점점 말이 거칠어져 갔다. 가게가 날이 갈수록 북적거리는 사이 해산날이 다가왔다. 그녀는 아이를 혼자 낳을 결심을 굳혔다. 돈도 돈이지만 내 귀중한 핏줄이 태어나는 순간을 남에게 맡기고 싶지 않았다. 옛날 여자들이 혼자 아이를 낳았다는 이야기는 많이 들어왔다. 그렇다면 혼자서도 가능하다는 이야기가 된다. 필녀는 가까이 지내는 이웃 할머니에게 해산에 대해 자세히 묻고 메모를 해 두었다. 그 메모대로 산파도 없이 혼자 주방 안 쪽 골방에서 어린 나이에 아이를 낳았다. 그날은 일찍 가게 문을 닫아걸고 차분히 새 가족 맞을 준비를 했다.

"아가야, 엄마를 너무 힘들게 하지 말고 세상으로 나와 줘. 부탁이야."

두렵고 떨리고 걱정이 되었지만 할머니한테 들은 대로 소독된 가위와 거즈와 끓인 물과 고통이 심해지면 자신이 입에 물 타월까지도 준비하고 아기를 기다렸다. 진통이 시작되었지만 입술을 깨물며 새 가족이 탄생하는 기쁨만을 생각했다. 부탁대로 아이는 초산임에도 불구하고 오랜 진통 없이 힘찬 울음소리를 내며 바깥세상으로 나왔다. 아들이었다. 임신을 하고도 쉴 새 없이 몸을 움직이며 일을 해서인지 아기가 작았다. 그 덕에 쉽게 출산을 한 것 같았다. 보통 남자의 팔뚝만한 작은 핏덩이 아기를 씻기며 필녀는 한없이 기쁨의 눈물을 흘렸다. 온 세상을 다 얻은 기분이었다.

"나에게도 피붙이가 생겼다. 나는 이제 혼자가 아니야. 너는 나의 분신이야. 고마워. 너도 생명을 준 아버지와 널 낳아준 이 엄마에게 감사해야 해. 알았지?"

기진맥진해서 잠시 누웠다가 기력을 찾아 끓여 놓았던 미역국을 한 그릇 먹었다.

"처음으로 남자를 맞이한 깨끗한 내 몸에 네 아빠가 생명의 씨를 뿌렸단다. 우리는 착하고 잘 생긴 아들을 얻게 해 달라고 매일 밤 기도를 했어. 아빠가 그러자고 해서 말이야. 아마 넌 그 기운을 받아 건강하고 착하고 근사하게 잘 클 거야."

미역국을 먹으며 그녀는 새록새록 잠 든 핏덩이에게 쉴 새 없이 이야기를 들려주었다. 국 한 그릇을 비우고 나가 금줄을 쳤다. 미리 준비했던 왼 새끼줄에 백지를 접어 끼우고 숯을 끼우고 솔잎과 빨간 고추를 끼워 식당 문 앞에 내걸었다. 아무리 장사 욕심이 나도 아기를 위해 삼일은 장사를 쉴 생각이었다. 이웃 할머니에게 배운 구식 그대로 금줄을 만들어 치고 나니 가슴이 뿌듯했다. 비록 밥장사는 쉬었지만 그녀는 쉬지 않았다. 그동안 밥장사 하느라 바빠서 하지 못했던 일들을 했다. 할머니가 일러 준대로 끊어다 놓았던 소창으로 아기의 기저귀를 만들고 융으로 배내 저고리를 만들었다. 사흘간은 오로지 아기를 위한 일만을 했고 아무도 집 안으로 들이지도 않았다. 언제나 자신 곁에서 가족을 빼앗아 가는 부정한 악귀들이 아기 곁에 다가올 가봐 겁이 났기 때문이었다.

"아가야, 내 가족은 이제 아무에게도 빼앗기지 않고 엄마가 지켜낼 거야. 날 믿지?"

그녀는 얼마든지 강해 질 수 있다고 스스로 다짐했다. 사흘 만에 식당 문을 열었다. 식당을 찾는 손님마다 금줄이 처진 것을 보고 어리지만 강한 엄마에게 덕담을 베풀었다.

"득남 축하해요. 젊고 건강한 엄마가 낳았으니 훌륭한 아드님이 될 거요."

"이렇게 씩씩한 엄마한테서 났으니 씩씩한 아들이 될 테지요."

"고마워요. 모자라면 국물 더 드세요. 내 오늘은 득남턱으로 선심 쓸게요."

필녀는 종일 싱글벙글 웃었다. 젊은 덕인지 산모에게 나타나는 부기도 사흘 만에 다 갈아 앉았다.

"일주일은 산후 조리를 해야지. 젊다고 날아다니면 지금은 몰라도 늙어서 골병들어."

손녀처럼 챙기던 이웃 집 할머니가 아기 속저고리를 하나 사들고 찾아 와 아기를 찬찬히 살펴보았다.

"잘 생겼네. 이 늙은이라도 부르지. 세상에, 어린 것이 혼자서 애를 낳다니……. 애가 애를 낳았구먼. 대단해. 생년월일과 시를 잘 적어둬야 하는 거야. 그게 아이 사주니까."

할머니는 아기가 태어난 시간을 물었다. 손가락으로 마디를 짚으며 골똘히 계산을 하는 것 같더니 고개를 끄덕였다. 나중에 안 일이지만 사주를 짚을 줄 아는 할머니였다.

"내 한 가지 일러줄 말이 있는데……."

할머니가 한참동안 아기를 들여다보고 나서 눈을 들어 필녀를 보았다.

"두고 봐. 새댁은 무조건 잘 살게 돼 있어. 그리고 귀한 자식일수록 천하게 키우라는 말이 있지. 저 아들을 새댁 곁에 오래 두고 싶으면 천덕꾸러기로 키워야만 혀. 내 말 잊지 말고 잘 새겨둬. 무슨 뜻인지 아마 알 거여."

"할머니, 무슨 말씀인지 저 알아요. 명심할 게요."

할머니가 필녀의 어깨를 쓰다듬었다. 자그마한 체구에 어디서 그렇게 큰 힘이 솟는지 알 수 없었다. 마음 씀씀이도 결코 작지 않았다.

"복 받을 겨. 복 받게 돼 있어."

할머니는 젊은 새댁이 베푸는 마음을 보았다. 할머니가 구수한 육수 냄새에 자신도 모르게 이끌려 가게 앞으로 나선다. 입맛을 다시며 식당 앞을 기웃거리면 필녀는 얼른 할머니를 가게 안으로 모셨다. 그 집 며느리가 볼 새라 할머니를 빨리 낚아채어 가게 안으로 모셔 놓고 국밥 한 그릇을 말아 대접하곤 했다. 할머니네 며느리가 알면 시어머니를 닦달하며 몰아세웠다.

"어머님이 거지예요? 남의 식당에서 밥을 얻어먹게…… 잡숫고 싶으면 말씀을 하세요. 돈 내고 사드릴 테니까."

말은 그렇게 하면서도 외식 한 번 시켜주지 않는 며느리였다. 부드러운 수육을 듬뿍 넣은 국밥 한 그릇을 잡숫고 나면 할머니 얼굴은 발그레 피어나는 소녀처럼 고왔다. 이가 없어 우물거리는 것 같아도 국밥 속의 고기를 게 눈 감추듯 깨끗이 비워냈다. 필녀가 볼 때 육식을 좋아하는 할머니임에 틀림없었다. 그런데도 그 며느리는 '우리 어머님은 나물을 좋아하신다.'고 떠들고 다녔다.

43

주먹만 한 핏덩이 아기를 얻었을 뿐인데 필녀는 만마 대군을 얻은 것처럼 든든하고 믿음직스러웠다. 아기를 얻고 마음도 부자인데다가 식당마저 터져 나갈 지경이었다. 마침 옆 세탁소가 이민을 간다며 가게를 내놓자 필녀는 그 가게를 얻어 식당을 확장했다. 한 자리에서 40년을 지켜온 지금의 식당이 바로 그때 그곳이었다. 확장한지 오래지 않아 큰 길에서 한 블록 뒷길에 위치하고 있던 식당이 도로 확장이 되면서 뒷길이 큰길이 되어 버렸다. 당연히 필녀의 식당이 큰 도로변에 자리 잡게 된 것이었다. 그녀는 아기를 낳고 일이 술술 풀리는 것을 느꼈다.

"되는 사람은 엎어져도 자빠져도 잘 된다니까."

큰 도로변으로 식당이 나앉자 모두들 한 마디씩 던졌다.

"먼지 날리고 시끄럽기만 하지 좋을 것도 없어요. 어차피 단골손님이 찾는 집인데 길거리가 무슨 소용 있어요? 저한테는 집 세만 비싸질 테니 오히려 손해지요."

필녀는 주변 부러움을 한 마디로 일축해 버렸다. 시샘을 내던 사람들도 그 말에 공감하고 인정했다. 필녀는 입을 꽉 다물었다. 실은 도시계획 발표가 나기 얼마 전 필녀는 빚에 쫓기던 주인의 권유로 낡은 그 건물을 사들였지만 그 사실을 아무도 알지 못했다. 전 주인이 건물을 팔았다는 사실을 비밀로 해 달라고 당부를 했기 때문에 그 비밀은 자연히 지켜졌다. 그녀도 건물을 사들였다는 사실을 숨기고 싶은 사람이었다. 괜한 주위의 시샘과 혼자 사

는 여자가 돈 푼이나 있다는 소문으로 주목을 받고 싶지는 않았
다. 아들은 뛰어나지도 않고 모자라지도 않게 수굿하게 잘 자라주
었다. 눈에 띄게 좋은 옷을 사 입히지도 않았고 방과 후에는 언제
나 식당 일을 거들게 했다. 사람 눈에 띄면 귀신 눈에도 띈다는 말
을 잊지 않았다. 아들을 잃지 않으려면 천덕꾸러기로 키워야 한다
던 이웃 할머니의 말을 명심하고 있었다.

"부지런히 뛰어야 입에 풀칠이나 하는 게 식당업이여."

어머니의 그 말이 아들 귀에 못이 박힐 정도였다. '집 세 내고
나면 겨우 너 학교 보내고 우리 생활하는 게 고작'이라며 당신의
옷 한 벌 사는 일에도 인색했다. 용만은 그런 어머니에 대해 반발
하면서도 또 한편 그렇게 사는 것이 어머니와 나의 인생이려니 하
고 받아들였다. 어머니의 욕설은 나이 들면서 본격적으로 시작되
었다.

"그만들 처마시고 빨리 가서 자빠져 자!"

늦은 밤 국밥에 술타령이라도 벌이는 손님에게는 거친 말로 욕
을 퍼부었다.

"에이! 이모님, 또 왜 그러셔."

손님들이 술김에 마음에도 없는 아양이라도 부릴라치면 돌아
오는 것은 욕뿐이었다.

"내가 너 같은 술꾼 조카를 뒀으면 진작 장사 때려치웠을 거다
이놈아!"

"야야, 가자. 이거 욕 먹어가면서 술 마실 일 있냐? 이모, 여기 얼마요?"

"술국은 공짜고 처마신 술값만 놓고 가."

"여태 안주로 먹은 술국이 공짜라고? 우리 이모 최고!"

매사가 그런 식이었다. 좋은 것은 먹이되 해로운 것은 돈 아까운 줄 알게끔 비싸게 받아야 된다는 주의였다. 국밥집 여자의 그런 진실을 알아주는 사람은 많지 않았다. 욕 속에 숨은 인정은 보이지 않았다. 그저 표면상에 나타난 것이 전부라고 생각하는 세상이었다. 처음에는 인력 시장이 있는 뒷골목 주택가라 노동자나 장년층 손님이 많은 밥집이었지만 근처 대학이 커지고 오래 된 공원이 자리를 잡자 차츰 젊은이들이 드나드는 술집으로 변해 갔다. 강필녀가 원하지 않아도 저절로 세태가 식당을 바꾸어 놓은 것이다. 손님 층이 바뀌자 밥을 국에 말아서 내놓던 국밥을 '따로국밥'이라는 이름으로 국과 밥을 따로 내놓는 형태로 바꾸었다. 국밥 한 그릇을 시키면 그 속에 든 수육만으로도 소주 두 병은 거뜬한 안주가 되었다. 이제는 밥이 무한 리필이 아니라 국물이 무한 리필인 시대가 왔음을 필녀는 빨리 깨우쳤던 것이다.

'욕쟁이 할머니네' 국밥집이 동네 뿐 아니라 장안의 명물이 되자 강필녀는 서서히 뒷전으로 물러날 준비를 해 나갔다. 주로 밖에 일을 시키던 아들에게 식당 지키는 일을 맡기고 할머니는 바깥일을 보러 자주 외출을 했다. 장 보던 일도 아들에게서 안사장에게 넘겼다. 장부도 넘겨주고 마감 계산도 아들이 맡았다.

"아들을 언제까지 옆에 끼고 있을 거요? 짝 채워 결혼 시켜 야지."

주변 사람들이 그런 말을 하면 할머니는 결코 좋은 말로 답변 하는 적이 없었다.

"제 밥벌이도 못하는 주제에 남의 집 귀한 딸 데려다가 얼마나 고생시키려고?"

"보아하니 어머니 식당 돕느라고 딴 직장 구할 시간도 안 주는 눈친데 무슨 밥벌이 타령이래요?"

"능력 있으면 딴 데 가서 돈을 벌 테지요."

사람들은 더 이상 대거리를 하지 않았다. 주워 온 자식이거나 전처 자식이 아닐까 의심하는 사람들도 있었다. 실지로 용만도 과연 자기가 강필녀의 친자식인가 출생의 비밀을 캐보고 싶은 마음도 가져 보았다. 터주 대감이 된 강필녀에게 동회(지금의 주민센터)에서 통장 일을 봐 달라는 부탁이 오자 그녀는 서슴없이 아들을 추천했다. 그때 용만은 얼마나 어머니가 야속했는지 몰랐다. 젊디젊은 청년에게 통장을 맡으라는 게 말이나 될 법한 일인가 말이다. 그는 강하게 싫다는 의사를 밝혔다. 강필녀는 굳이 밀어 붙였다.

"통장이 별거여? 동네 위해 봉사하는 게 통장이야. 가게 손님한 테는 돈 받고 밥 파는 것이니 봉사가 아니고 맨 날 가게에 들어앉은 네가 봉사할 기회나 있냐? 이럴 때 봉사 좀 하는 것도 나쁘지 않아. 네가 못하겠다면 내가 할 테니 일이나 거들어주면 돼."

동회에서도 젊은 청년한테 통장 일을 맡긴다는 것에 대해 머뭇거렸었다.

"일은 내가 보는 것이고 다리 튼튼한 젊은 놈더러 내 대신 좀 뛰어다니라고 할 참이니 걱정 마세요. 날 믿고 맡기면 되는 일이지. 싫으면 그만 두던가…… 그러면서 통장 보라 소리는 왜 하는 거요?""

강필녀가 왜 아들에게 꼬박꼬박 '통장님' 이라 부르면서 동네일을 맡겼는지 용만은 알지 못했다. 한동안은 동네 사람들이 '통장님' 이라고 부를까봐 창피하고 쑥스러워서 사람들을 피해 다녔다. 일은 그녀가 다 하면서 왜 공식적으로 나서는 모임은 용만을 시키는지 그 속을 알 수 없었다.

"사람은 작은 곳에서건 큰 데서건 지도자가 되어야 하는 건데 네가 어디 가서 지도자 노릇을 하겠냐? 매일 식당 손님 밥 바라지나 해서야 사람 앞에 나서기나 하겠냐고."

어느 날 밥상을 차리면서 지나가는 말처럼 내뱉던 어머니의 말을 그는 가끔 떠올리곤 했다. 10년 쯤 '통장님' 소리를 듣다보니 이제는 어엿한 통장님이 되었다. 잡다하게 동네일이 많았지만 어머니는 단 한 번도 짜증을 내본 적이 없었다. 구청에 가고, 동회에 가고, 가가호호 방문할 일이 있으면 모두 용만에게 지시를 내렸다. 호구조사서 돌리기, 민방위 훈련 통지서 전달하기, 음식 쓰레기 수거함 배달하기, 관할 지역 독거노인에게 연탄 보내기, 도시락 배달 등 사람을 마주 대할 일이 수도 없이 많았다. 강필녀는 용만이 통장 임무를 수행하러 집을 나설 때마다 '통장님! 웃는 얼굴로 하지 않으려면 그만둬.' 하고 매번 뒤통수에 대고 소리쳤다. 그 말을 단 한 번도 거르는 일이 없었다. 그가 '예' 하고 씩 웃어주면 알게 모르게 흡족한 표정을 짓던 어머니였다. 그는 어느 사이 '웃는 통장님'으로 통했다. 그 모두가 강필녀 여사 덕임을 용만은 뒤늦게 알았다. 아들의 됨됨이를 사람들에게 자연스럽게 알리고, 여러 종류의 사람 사는 모습도 보여주고, 남을 위해 봉사하는 마음도 심어주고, '통장님' 소리에 함부로 행동할 수 없는 책임감도 느끼게 해 주겠다는 뜻을 이젠 알고도 남음이 있었다. 나이도 알만한 나이려니와 10년이나 동네일을 보면서 깨달은 바가 컸다. 사람과 사람의 만남이 모두 다르다는 것을 알았다. 서로 인정을 베풀고 서로 존경 하고 서로 믿는 인과관계가 소중하다는 것도 터득하게 되었다.

"여러분들께서 가지고 계시는 유언장에 어떤 내용이 들어있든지 저는 알 필요가 없습니다. 어머니께서 제게 글로 남기셨습니다. 꼭 피를 나눈 형제만이 형제가 아니라고요. 제가 외로울까봐, 제가 혼자 잘난 척하며 살아갈까봐, 어머니가 벌어 놓은 돈으로 흥청망청 일 안하고 놀까봐 일일이 신경 쓰셨음을 깨달았습니다.

저는 어머니 뜻에 기꺼이 따를 것이며 어머니의 큰 뜻을 존경합니다. 깊은 어머니 속마음을 헤아리지 못하고 원망했던 제 자신이 부끄럽고 어머니 자식인 것이 자랑스럽습니다. 저에게 살과 피로 생명을 주신 어머니께 감사드립니다."

통장님의 고백에 모두들 숙연해진 모습이었다.

제2장

이해타산을 초월한 사랑을 주신 어머니에게
기쁠 때나 슬플 때나 감사하고 또 감사하라

"**저**야말로 속죄를 해야 할 인간입니다. 할머니께 한 말씀 올려야겠어요. 할머니는 제가 한 짓을 다 알고 계시거든요."

내내 한 쪽에서 불편한 다리를 뻗친 채 앉아 있던 정막달 씨가 엉덩이를 끌어 앞자리로 나섰다. 그녀는 서른 갓 넘어 두 다리를 잃고 한때 폐인이 되기도 했었다. 이제 오십 줄에 접어든 지금은 의족의 도움으로 살고 있지만 꽤 씩씩한 삶을 살고 있다.

"다 아시다시피 제 어머니는 작년에 돌아가셨습니다. 그 장례도 할머니가 도맡아 치러주셨지요. 아버지는 딸 일곱을 낳고 딸을 마감한다고 제 이름을 막딸이라고 지었답니다. 호적에는 막달이라 했지만요. 결국 아들 하나도 얻지 못하고 제가 막내가 되었지요. 제 다리가 이 지경이 된 것은……."

52

정막달 씨는 아직껏 아무에게도 말하지 못했던 자신의 과거를
털어 놓을 작정이었다.

정막달의 다리가 불구가 된 것은 교통사고 때문이었다.

위로 여섯 명의 언니를 두고 있는 그녀는 여고 시절부터 사고
뭉치였다. 제법 얼굴이 반반했던 막달은 주변에 남학생이 들끓었
고 걸핏하면 가출에 무단결석이었다. 아버지도 언니들도 아예 내
놓은 자식이었다. 어머니는 그런 막내가 안타까워 속을 새까맣게
태웠다.

"얘, 이거 우리 막달이한테 좀 전해 다오."

딸이 아버지에게 얻어맞고 집을 뛰쳐나갈 때마다 어머니는 딸
의 친구들을 찾아 나섰다. 갈아입을 옷가지와 용돈 몇 푼을 넣은
보따리를 들고 딸과 연락이 닿을만한 곳을 찾아 전전긍긍 헤매고
다니기 일쑤였다. 딸이 있는 곳을 안다는 친구가 나타나지 않으면
어스름 땅거미가 지는 석양 무렵, 길거리에 보퉁이를 안고 먼 산
을 보며 마냥 서 있기도 했다.

"너희 엄마가 오늘 또 찾아 오셔서 울고 가셨어. 무조건 집으로
들어오기만 하래."

친구들이 매일 매일 어머니 눈물 소식을 전해주는 통에 사흘을
넘길 수가 없었다. 마지못해 며칠 만에 집에 들어가면 아버지의
몽둥이찜질과 어머니의 눈물이 기다렸다. 매를 맞으며 잘못했다

는 말 한마디 않고 독하게 버티는 것은 딸이었고 아버지 앞에 두 손 모아 싹싹 비는 것은 어머니였다.

"에잇! 어미가 저렇게 감싸고도니까 딸년이 저 모양이지. 아들 인 것 같다고 해서 낳았더니 어디서 저런 골통이 나왔어. 그때 저 걸 낳지 말았어야 하는 건데……."

막달은 매보다도 아버지의 그 말이 더 아팠다. 태어나지 않았 어야 할 생명이 태어나 온 가족의 애물단지가 된 자신에 대해 분 노마저 느꼈다.

"저 계집애 안 낳았다 치고 오늘 패 죽이고 말거야."

맞으면서도 눈 하나 깜짝 안하는 딸의 고집 앞에서 아버지는 노발대발이었다. 결국 막달을 가로막고 나서는 마누라를 팰 수는 없어 아버지는 몽둥이를 내던졌다. 어머니는 고집불통 딸을 달래 서 씻기고 부엌에서 밥상을 차려주며 또 울었다. 한 번도 야단을 친 적이 없었다.

"천천히 많이 먹어. 얼마나 배를 곯고 다닌 거야? 내가 너한테 못 할 짓을 했구나. 아버지가 너 미워 저러는 게 아니다. 딸만 일 곱을 낳아 놓았으니 내가 미워 저러는 게지."

"그게 왜 엄마 잘못이야? 생물 시간에 배웠어. 남자에게도 책임 이 있댔어."

"그래? 우리 막내가 그런 것도 배웠어? 널 뱄을 때 워낙 시어머 니하고 시누이들한테 시달려서 내가 못된 마음을 많이 가졌더니

54

네가 이렇게 고집불통인 가보다. 태교를 잘 못해서 네가 자꾸 삐뚤어지는 것 같구나."

막달은 어머니의 눈물을 보고 나면 '다시는 어머니를 울리지 말아야지' 하고 마음을 다져 먹기도 여러 번이었다. 아버지와 언니들도 막달에게 너무 심하게 대했다. 막내의 당연한 심통도 가볍게 받아들이는 일이 없었다. 비아냥거리고 깔보고 비웃었다.

"저 사고뭉치가 또 무슨 일 저지르겠네."

그 말만 들으면 막달은 정말 무슨 일이라도 저지르고 싶을 정도로 열통이 터졌다.

언니들은 언제나 얌전한 척 내숭을 떨고 아양을 떨었다. 아버지는 예쁘고 착한 딸들이라고 떠받들었다. 그녀들은 금방 좋은 신랑을 만나 아버지에게서 한 재산씩 빼내어 결혼을 하고 부모 곁에서 떨어져 나갔다. 제일 먼저 집을 떠나고 싶었던 미운 오리 새끼는 결혼마저도 뜻대로 되지 않았다. '그 집안의 골칫거리'라고 소문이 났으니 중매가 들어올 리도 없었다. 서른 살이 되도록 부모 생활비 축내며 애를 먹이는 막달을 아버지는 걸핏하면 '내 눈앞에서 사라지라'고 소리쳤다. 그런 그녀에게 결혼할 상대가 생겼다. 애인이 생겼으니 결혼시켜 달라며 남자를 아버지 앞에 데려갔다. 카바레에서 색소폰을 부는 남자였다. 직업이 뭐냐는 아버지 질문에 남자가 사실대로 대답을 하자 과일과 커피가 차려진 상이 뒤집어지고 그는 쫓겨났다.

"어디서 저하고 똑같은 놈을 데려와서 결혼을 하겠다는 거야? 카바레에서 나팔 부는 놈이 평생 마누라 잘 지킨다는 보장 있어? 산다느니 못 산다느니 또 얼마나 부모 속을 태우려고 그런 놈을 골라잡았어."

"잘 못산다는 보장은 있어요? 살아보고 말하면 되잖아요."

막달은 빗자루를 집어 드는 아버지의 팔을 비틀어 빗자루를 빼앗았다.

"옛날에는 맞고 살았지만 이젠 나도 안 맞아."

"막달아, 내가 봐도 그 사람은 아닌 거 같다. 다시 생각해 봐라."

어머니도 막달의 편이 되어주지 않고 결혼을 말렸다. 그날 밤 막달은 아버지의 저금통장과 도장을 훔쳐 밤도망을 쳤다. 다음날 은행 문이 열리자마자 돈을 몽땅 인출해 냈다. 서울 근교 여관에 남자와 틀어박혀 곶감 빼먹듯 아버지 돈을 축내며 먹고 뒹굴었다. 아버지에게 복수하는 심정으로 통장을 훔쳐 나왔지만 마음은 그리 편치를 않았다. 돈은 넉넉했다. 다 쓸 생각은 추호도 없었다. 아버지 애를 조금만 더 태우다가 돌려 드릴 생각이었다. 사흘 만에 남자가 그 돈을 들고 여관을 나서는 것을 목격하고 막달은 남자의 뒤를 쫓았다.

"너, 거기 서! 그 돈은 안 돼. 우리 아버지 전 재산이야. 이제 그만 돌려 드릴 거란 말이야. 이리 내 놔."

달아나는 남자를 잡기 위해 신호가 바뀐 횡단보도를 건너뛰다
가 택시에 치었다. 놀란 남자가 그녀를 병원에 옮기고 돈을 돌려
주었지만 다 소용없는 일이었다. 다리를 이미 잃은 뒤였다. 아버
지는 불구자가 된 딸을 보며 그제야 가슴을 쳤다.

　"그냥 멀쩡한 놈이랑 멀쩡하게 살도록 내버려 둘 걸. 내가 병신
을 만들었구나."

　막달의 부모님은 남자가 딸의 돈을 훔쳐 달아나는 바람에 그런
사고가 생긴 줄은 꿈에도 몰랐다. 막달이 끝내 그 말은 하지 않았
던 것이다.

　"평생 저 꼴로 살아야 하니 이일을 어쩌누. 차라리 이 늙은이
다리를 가져가지."

　불구가 된 막달 때문에 애를 태우던 아버지도 고혈압으로 쓰러
져 유언도 못하고 세상을 떠났다. 여섯 딸들이 아버지의 유산에
눈독을 들였지만 어머니는 움켜쥐고 단 한 푼도 풀지 않았다.

　"재산도 몇 푼 안 된다. 너희들은 남편도 있고 자식 낳고 잘 사
니 이 돈에 침 삼키지 마라. 늙은 나하고 병신 된 막달이 하고 살
아갈 목숨 같은 돈이다. 너희들한테 절대 손 안 벌리고 살 테니 그
리 알아라."

　"나중에 딴 소리 하지 말아요. 아버지 유산 막달이한테 다 준거
나 똑같으니까."

　언니들도 차라리 속 편한 일이다 싶어 어머니에게 아버지 유산

모두를 넘겨주었다.

"이 년아, 결국 네가 아버지 잡아먹은 거야. 그렇게도 애를 먹이더니 너 때문에 쓰러지신 거라고."

아버지 주검 앞에서 언니들은 막달을 쥐어뜯으며 울었다. 막달도 그 말에 반발하지 않았다. 사실을 인정할 수밖에 없었다.

어머니의 고통은 거기서 끝나지 않았다. 막달은 아버지가 돌아가시고 병원에서 퇴원하자 망가진 인생을 살기 시작했다.

"이게 막대기지 다리야? 이 다리로 평생을 살라고? 차라리 앉은뱅이로 살다 죽을래."

의족을 달아주면 떼어 팽개치고 때려 부수었다. 일 년 동안 몇 차례의 수술을 거쳤다. 통증 완화제인 마약 성분의 진통제를 상시 복용하며 막달은 서서히 마약 중독자가 되어갔다. 편법으로 진통제를 구입해 과다복용을 하다 수차례 병원 측에 들켰다.

"더 이상 정막달 씨의 진통제 사용을 금합니다. 효과는 떨어지지만 다른 약으로 대치하겠습니다."

그것을 못하게 막자 소주를 병 째 들이마시며 알코올 중독자가 되었다. 아버지에 대한 죄책감과 젊은 나이에 다리를 잃고 불구자가 된 자신의 구차한 모습을 맨 정신으로는 견딜 수가 없었다. 걸어 나가서 직접 구할 처지도 아니건만 어디서 술을 조달하는지 술을 구해 마셨다. 감추어 둔 돈을 다 빼앗아 보기도 하고 사람들의 접근을 막아보기도 했지만 술은 떨어지지 않았다. 술을 빼앗아 쏟아버리고 돈을 빼앗고 눈 부릅뜨고 딸을 지키면서 어머니는 지치지도 않고 간병을 했다. 눈물로 통사정도 해 보았다.

"막내야, 제발 이 어미를 한 번 봐 다오. 나 좀 살려다오. 내가 지금껏 누구 때문에 살아왔는지 아니? 너 때문이야. 널 두고 죽을 수가 없어서 여태 살았고 널 두고 떠날 수가 없어서 네 아버지 곁에 살았다. 네 눈에는 나 늙은 거 안 보이니? 널 지키고 싶다."

"누가 지켜 달랬어? 왜 날 낳아서 이 고통을 주는 거야? 뱃속에 있을 때 없애지 그랬어. 그랬으면 나도 엄마도 다 편했을 거 아니야. 차라리 죽여 줘. 죽여 달라니까."

악을 쓰고 포악을 부렸다. 전기스탠드며 약병이며 물 컵이며 손에 잡히는 것이면 무조건 어머니를 향해 내던졌다. 어머니는 충분히 피할 수 있는데도 딸이 던지는 것들에 얻어맞았다. 술을 감추면 술 내놓으라고 휠체어를 어머니에게 밀어붙였다. 어머니는 빠른 속력으로 달려 온 휠체어에 밀려 넘어지고 다치고 딸이 던진 물건에 맞아 온 몸에 상처가 아물 날이 없었다.

"이래서 네 속이 시원하다면 얼마든지 그래라. 젊디젊은 것이 오죽하면 이러겠니. 내 탓이다. 이게 다 내 탓이야."

어머니는 딸을 원망하기 전에 자신의 가슴을 주먹으로 두드렸다. 매일 난동을 부리고 한 소동을 피우고야 쓰러져 잠들곤 했다. 자신의 상처를 살피기 전에 쓰러져 잠든 딸의 상처에 약을 바르며 어머니는 또 울었다. 잠든 체 상처를 맡기고 있으면서 그녀도 속

59

으로 울었다. 일 년 이상 약에 의존해 살았고 이 년 이상 술에 의존해 세월을 보냈다. 약도 술도 소용없이 발작 증세를 일으킬 때가 어머니는 제일 두려웠다. 약값, 술값보다 그것이 부담이었다. 걸핏하면 제 몸도 못가누고 숨넘어갈 듯 발작하는 딸을 들쳐 업고 병원으로 뛰어야 하는 증세 때문에 어머니는 살아 있어도 사는 게 아니었다. 나이 육십이 가까워 서른 살의 피둥피둥한 딸을 업는다는 일이 힘에 부쳤지만 병원으로 달려갈 때는 어디선지 모르게 힘이 솟았다. 겨우 발작 증세가 가라앉아 제 정신이 돌아오면 어머니는 파김치처럼 녹초가 되었다. 화장터에서 막 태워 나온 유골처럼 만지면 후르르 날아갈 것 같았다.

목 아래로 셔츠가 젖혀진 어느 여름 날, 뭐든지 다 자기 탓이라고 주먹으로 가슴을 때리던 어머니 가슴에 시퍼렇게 멍이 들어앉은 것을 그녀는 보았다. 머리끝에서부터 찌르르 고통이 흐르다가 심장에 와서 멎었다. 예리한 칼끝이 머리에서부터 심장까지 쭉 선을 긋고 지나가는 것 같은 느낌이었다. 그동안 어머니가 흘린 눈물을 어떻게 측정할 수 있을까.

어머니의 눈물은 보이지 않는 호수와 같더라.
날마다 우는 눈물, 어디로 갔을까?
가슴 속으로 눈물의 강이 흐르고
강줄기 따라 굽이치는 사랑의 고통이

60

미처 자식에게 다다르지 못하니

또 다시 눈물은 호수가 되리라.

이름도 들어 본 적이 없는 어느 무명 시인의 '어머니의 눈물' 이라는 시를 읽으며 막달은 그 시인이 자신의 어머니를 말하고 있다는 생각이 들었다. 그녀는 차츰 어머니의 고통이 자신의 고통보다 더 크리라는 마음이 들기 시작했다. 늙어 바스러질 듯 쪼그라든 어머니의 작은 몸집이 처음으로 눈에 들어왔다. 언제 저렇게 늙었는지 언제 저렇게 작아졌는지 막달은 기억이 없었다. 아마도 딸의 다리가 잘려 나가는 순간 어머니 가슴 속에서 자신의 다리도 잘라 버렸는지 모를 일이었다. 막달은 이를 악물었다. 초등학교 어린 아이처럼 작아져 버린 어머니를 위해 약도 술도 버리기로 마음을 먹는다.

어머니의 지극 정성에 약도 끊고 술도 끊었다. 그러자 중독보다 더 지독한 우울증이 찾아왔다. 방문을 걸어 잠그고 어머니를 피하기 시작했다. 약보다 술보다 우울증은 더 빠르게 그녀를 잠식해 나갔다. 폭삭 늙어버린 어머니의 근심에 찬 얼굴을 대하기가 싫었다. 세상이 모두 부모 잡는 년이라고 그녀를 손가락질 하는 것 같았다. 막달은 혼자 들어앉아 자신의 머리칼을 쥐어뜯고 의족을 다른 쪽 의족으로 난도질을 쳤다. 걸어 잠근 방안에서는 쿵쿵쿵 뭔가를 내려찍는 소리만이 들려왔다.

"막내야! 문 좀 열어봐라. 이러려면 차라리 내 앞에서 술을 마셔. 술을 줄 테니 얼굴이나 좀 보자."

하루에도 열 번 이상 밥상을 차려 들고 그녀 방 앞에서 서성거렸다. 제 정신으로 돌아오고 보니 잘려 나간 다리의 통증보다 어머니의 멍든 가슴을 보는 것이 더욱 아팠다. 그녀는 두 사람이 모두 고통에서 벗어날 길은 자기가 죽는 길뿐이라고 결론을 내렸다.

"막내야, 네 다리 노릇은 이 어미가 대신해 줄게. 제발 정신만 놓지 마라. 마음만 건강하면 육신은 아무 것도 아니야."

어머니는 딸이 듣든지 말든지 방 앞에서 대화를 시도했다.

"네가 굶으면 이 어미도 굶는 거 알고나 있니? 너 이틀 굶었지? 나도 이틀을 굶었다. 이 어미 배 가죽이 등에 붙은 것 좀 봐라."

딸이 굶으면 어머니도 함께 굶었다. 저러다 어머니 먼저 쓰러질 것이 분명했다.

"네가 굶어 죽기 전에 내가 먼저 죽을 수는 없다. 네가 죽겠다면 널 묻어주고 내가 따라 가야 하니까 난 먹고 버티련다."

방문 앞에 앉아 달그락거리며 어머니는 딸에게 먹이려고 차려온 밥상에서 밥을 먹었다. 그 음식이 제대로 삭여질 리 없었다. 식사를 하다가 목이 메었는지 주먹으로 가슴을 두드리는 소리가 들렸다. 그냥 두면 보라색으로 멍든 가슴에 더 짙은 멍이 들 것이다. 참다못해 막달이 문을 열었다. 방 문 앞에 쪼그리고 앉아 억지로 밥알을 씹어 삼키다가 기도가 막혔는지 눈이 허옇게 뒤집어지고 있었다.

"엄마! 엄마, 왜 이래?"

"무…… 울……"

막달은 급히 휠체어를 몰아 자신의 방에서 물을 들고 와 어머니에게 먹였다. 겨우 막힌 기도가 뚫리면서 어머니가 숨을 쉬었다. 눈에서는 눈물이 줄줄 흘러 내렸다.

"엄마, 내가 잘 못했어. 미안해. 나 때문에 엄마가 왜 이렇게 살아야 돼?"

딸은 어머니를 끌어안았다. 어머니도 딸을 껴안았다.

"정말 죽고 싶어."

"그러면 같이 죽자. 널 죽이고 나도 죽으마. 너 죽어도 내가 못 살고 나 죽어도 너는 못 살아. 같이 죽을 방법을 찾아보자."

어머니는 조용히 같이 죽을 방법을 찾자고 말했다. 진정으로 죽고 싶은 사람은 어머니일거라는 사실이 왜 그렇게 서러운지 몰랐다. 어머니의 앙상한 어깨와 쭈글거리는 목이 심하게 떨리고 있었다. 막달은 어머니가 사는 날까지는 죽을힘을 다해 어머니를 위해 살아야겠다고 결심한다.

"사람들은 제가 장애자이면서 어머니를 모셨다고들 하지만 실은 어머니 목숨에 제가 얹혀 살았던 겁니다. 여섯 명의 언니들도 나를 몰라라 하고 아버지마저 돌아가셨지만 어머니는 나를 내치지 않았습니다. 끝까지 나를 일으켜 세우셨지요. 의족을 달아주고 재활 치료를 위해 눈이 오나 비가 오나 재활원으로 나를 끌고 다녔지요."

병원비에 약값에 술값에 작은 집마저 팔아먹었다. 집세가 싼 국밥집 3층으로 이사를 온 것은 낡았지만 엘리베이터가 있기 때문이었다.

"할머니 건물에 이사를 온 건 우리에게 행운이었어요."

할머니는 막달과 가까워지기 전에 막달의 어머니와 먼저 가까워졌다. 막달의 어머니에게 장애자의 부모가 가져야 할 마음가짐에 대해 독하게 교육을 시켰다.

"다리가 병신이라고 마음까지 병신을 만들어서야 되겠수? 딸보다 어머니가 강해져야 되는 법이지. 마음 독하게 먹어요. 당신이 언제까지 대신 해 줄 거유? 자꾸 스스로 하도록 만들어야지."

갈 날이 멀지 않았다는 생각으로 혼자 남을 자식이 홀로 서도록 해야 한다고 할머니는 어머니를 설득시켰다.

"이사를 오고부터 어머니가 달라지셨어요. 하나에서 열까지 다 해주시던 분이 자꾸 절더러 도와달라고 엄살을 부리셨지요."

감기가 들어서 그러니 약국에 가서 약을 사오라, 발목을 삐어서 걷질 못하니 구멍가게를 다녀와라, 몸살이 났으니 아침을 지어라 하면서 막달에게 일상생활을 조금씩 떠넘겼다. 물 한 잔도 혼자 떠 마실 수 없다고 자포자기했던 막달에게 처음에는 힘겨운 일이었다. 그러나 늙은 어머니가 아프다는데 모른 체 할 수도 없었다. 물을 떠오다가 국도 떠오고 국을 떠오다가 밥상도 차렸다. 약국에 다녀오다가 장도 다녀오고 반찬거리를 사다가 요리도 만들어 보았다. 차츰 그녀가 정상인으로 돌아오고 있는 것을 본 어머니 얼굴에 웃음이 피어나기 시작했다.

"어머니는 이곳으로 이사 오기를 잘했다고 항상 말씀하셨어요. 욕쟁이 할머니의 강한 생활력을 보고 있노라면 절로 힘이 난다고 했어요. 어머니가 힘들다 생각하며 살아 온 길은 아무 것도 아니라고 했지요. 살아가기에 힘이 부친다고 말하면 할머니한테 욕을 먹었대요. '힘들면 죽으면 되잖나? 죽는 것도 용기가 있어야 하는 법이야. 못 죽겠으면 죽기를 작정하고 살든가. 병신 딸 놔두고 가면 그 뒤치다꺼리 누가 해 줄 건데?' 하며 호통을 쳤답니다. 어머니는 점점 더 강해졌어요."

돌아가실 즈음에는 울보 엄마가 아니라 억순이 엄마로 변모한 모습이었다. 평생 가슴 속에만 숨기고 있던 말을 딸에게 들려주면서 친구처럼 많은 이야기를 나누었다. 덮어 놓고 참는 것만이 능사가 아님을 할머니가 가르쳤다. 막달의 어머니와 용만의 어머니는 몇 살 차이 아니었지만 할머니는 큰언니처럼 생각이 깊고 컸다. 할머니는 여장부 스타일이었고 막달의 어머니는 만년 소녀 스타일이었다. 막달은 지금도 매일 돌아가신 어머니와 소리 내어 대화를 한다고 했다.

"엄마, 나 오늘 밥 한 그릇 다 먹고 하루 종일 재활 치료 받았어. 잘했지?"

그러면 어머니는 '그래. 우리 막내. 정말 잘 했어. 이제 나도 안심이다.' 하고 대답을 해 준다고 했다. 어머니는 아직 그녀 곁에 생생히 존재하고 있다며 무슨 일이든지 어머니와 상의해서 한다는 것이었다.

"어머니가 그렇게 쇠약한 몸으로도 제 곁에서 오래 동안 버텨준 것은 할머니의 욕 덕이었다고 했어요. 전 할머니께 감사드립니다. 절더러 장애자 보호소를 맡아 본격적인 봉사 활동을 해보라고 유언을 남기셨네요. 그렇게 해 보고 싶어요. 변호사님, 어떻게 하면 되죠?"

"결정만 하시면 뒷일은 제가 다 알아서 처리할 겁니다."

이철두 변호사가 꼼꼼히 메모를 해 나갔다.

"여러분에게 넘긴 유언장은 원본이고 제게는 똑같은 유언장 사본이 있습니다. 강 여사님의 유언 내용은 여러분이 거절할 자유가 있습니다. 본인의 자유의사에 따라 유언 내용을 진행 시킬 것입니다."

변호사는 이미 다 읽은 유언장을 손에 들고 있는 사람들을 둘러보았다. 그때 정막달 씨가 다시 입을 열었다.

"저는 감히 여러분들 앞에서 맹세하겠습니다. 할머니의 유언에 따라 제 남은 생을 저보다 더 힘든 장애자들을 위해 봉사할 겁니다. 저의 어머니도 기뻐하시겠지요?"

66

막달 씨는 눈을 치켜뜨며 천정을 향해 귀를 열었다. 좀은 야릇한 분위기를 연출했다.

"엄마, 만족하시죠? 그렇다고 하시네요."

무당이 접신했을 때 보이는 행동 비슷하게 그녀는 어머니와 대화를 하는 모양이었다. 그녀의 표정이 더 할 수 없이 진지해 보였다. 사람들이 박수를 보냈다.

제3장

부정과 타락이 유혹할지라도
어머니의 이름을 부끄럽게할 행동은 하지 말라

박수 소리가 미처 끝나기도 전에 유한열 박사가 일어섰다.

"저에게는 부모 없는 고아 다섯 명을 훌륭한 공학자로 만들어 달라며 장학금을 남기셨습니다. 부모 없는 아이도 열심히 공부하면 저 같은 세계적인 공학 박사가 될 수 있다는 것을 보여주라고 하셨어요. 제가 어떤 일을 하고 있는지 정확하게 알고 계셨습니다."

유한열 박사는 우주선을 설계하고 만드는 우리나라 최고의 공학박사이다. 그의 기술은 세계적으로 인정받은 수준이라 다른 나라로부터 많은 유혹을 받는다고 했다.

"어마어마한 조건을 제시하는 경우에 저는 가끔 마음이 흔들립니다. 돈으로는 감히 환산할 수 없는 제안을 해오는 나라도 있습니다. 저희 학자들이 제일 갖고 싶은 것은 돈도 아니고 명예도 아닙니다. 마음대로 실력을 펼칠 수 있는 최신 과학 장비를 갖춘 연구소입니다. 우리나라가 가진 연구소나 기술력은 아직 우리의 뜻을 펼치기에는 미흡한 점이 많습니다."

유 박사는 엄청난 유혹이 자신에게 다가올 때마다 그것을 밀어낼 힘이 어디에서 나오는가를 설명하려 했다.

"어느 부모나 다 그러시겠지만 제 부모님은 저를 너무나 소중하고 귀하게 키우셨습니다. 특히 초등학교 교사였던 어머니는 저를 위해서 교편을 잡고 계신 동안 단 한 번도 학부형에게서 촌지를 받지 않으셨다고 합니다. 자식을 양심 바른 인간으로 만들기 위해서 본인 자신부터 남에게 귀감이 되게 사셨습니다. 내 자식 귀하면 남의 자식도 귀하다며 스스로의 양심을 속이지 않으셨던 겁니다. 자기 양심을 속이면서 어떻게 자식이 양심 바른 인간이기를 바라느냐는 말씀이었습니다."

그는 어린 시절에 있었던 두 가지 에피소드를 들려줌으로 해서 그 어머니에 대해 설명하려 했다.

초등학교 시절, 유한열은 학교 앞 문구점을 기웃거리며 제일 갖고 싶었던 조립식 로봇에 침을 흘렸다. 매일 그 로봇이 팔렸는지 아직 팔리지 않고 문구점에 있는지 확인을 하는 것이 그의 일상이 되었다. 그때 한창 인기가 있는 로봇이어서 팔리면 또 갖다 놓고 팔리면 또 갖다 놓는 줄은 모르고 한열은 그것이 팔리지 않은 것에 안도하곤 했다.

"또 왔냐? 로봇이 그렇게 좋냐?"

"예. 이번 설에 세뱃돈을 받으면 이 로봇을 살 거예요. 그때까지 안 팔려야 될 텐데……."

워낙 간절한 소망으로 로봇을 만지작거리는 것을 눈여겨 본 가게 주인은 조립식 로봇을 그에게 안겨 주었다.

"너 이리 와 봐라. 내가 너희 어머니께 신세를 많이 져서 선물을 하는 거니까 이거 너 가져라."

부모님 성격을 아는지라 한열이 망설이자 가게 아저씨는 친절하게 안겨주며 그것을 선물이라 했다.

"받아도 괜찮아. 선물이란 거절하면 실례가 되는 거거든."

한열은 너무도 가지고 싶었던 로봇을 안고 신이 나서 집으로 왔다. 문구점 주인아저씨가 어머니 반 학생의 학부모인 줄은 한열이 알 수 없었다.

마침 부모님도 퇴근하기 전이라 한열은 그것을 뜯어 정성껏 조립하며 흥분된 마음으로 로봇을 완성시켰다. 너무 근사했다. 퇴근해 오신 어머니가 '저게 웬 거니?' 하고 물었다. 한열은 사실대로 가게 주인이 선물한 것이라고 말했다. 그러자 어머니가 아무 말 없이 옷을 입고 한열을 데리고 나섰다. 한열은 겁먹은 얼굴로 어머니를 따라 갔다. 어머니는 문구점으로 찾아가 '우리 아이에게 선물을 주서서 감사하다.'고 말하고 굳이 마다하는 주인에게 그

값을 치렀다.

"선생님, 이러지 마세요. 아이가 워낙 갖고 싶어 하던 장난감 하나를 선물로 주었을 뿐인 데 너무 하십니다. 우리 아이를 선생님께 맡겨 놓고 단 한 번도 가 뵙지 못한 아비가 그것도 못합니까?"

그제야 한열은 문구점 주인의 아들이 어머니 반 학생인 것을 알았다.

"저는 학교로부터 정당한 월급을 받고 아이들을 가르칩니다. 제가 학교에서 월급을 받으니 가게에 내 아이 물건 값을 치르는 것도 당연한 겁니다. 돈을 받지 않으시면 내일 저는 아버님의 아들을 바로 쳐다볼 수 없는 부끄러운 선생이 됩니다. 제가 부끄러운 선생이 되기를 원하십니까?"

하는 수 없이 가게 주인은 로봇 값을 받았고 그 광경을 지켜 본 한열은 그 자리에서 도망치고 싶은 심정이 되었다. 한열을 데리고 집으로 돌아오면서 어머니는 꾸지람 한 마디 하지 않았다.

"엄마, 죄송해요. 로봇이 갖고 싶었어요. 아저씨가 선물이라고 해서…… 제가 잘못했어요."

한열은 울먹거렸다. 어머니를 부끄러운 선생님으로 만든 것 같아 너무 슬펐다.

"아니다. 마음의 선물은 받을 수도 있는 거지. 허지만 나는 내일 문구점 아저씨의 아들인 우리 반 학생에게 네가 공짜로 로봇을 받은 만큼 무엇인가를 해줘야 하지 않겠니? 그런데 엄마한테는 그 애에게 네 로봇만큼 큰 것을 줄게 없어. 빚지는 것이 싫어서 값을 치른 거야. 네가 로봇을 얼마나 갖고 싶어 하는지 엄마가 몰랐구나."

한열은 그만 울음을 터뜨렸다. 그 이후 다시는 공짜로 누구에게서 무엇인가를 받는다는 생각을 가져 본 적이 없었다. 어머니는 야단치지 않고도 잘못을 뉘우치게 하는 훌륭한 선생님이었다.

또 한 사건은 중학교 일학년 여름 방학에 부모님을 따라 외갓집으로 갔을 때의 일이었다. 위로 두 언니가 있던 어머니는 매년 여름 방학이면 자매들끼리 아이들을 데리고 친정에서 만나기로 약속이 되어 있었다. 비슷한 또래의 이종 사촌들과 시골 외가 집에서 만나 함께 며칠을 보낸다는 일은 어떤 피서지에 가는 것보다 신나는 일이었다.

일 년에 한 번 만나면 한껏 들떠서 시간 가는 줄 모르고 놀았다. 큰 이모의 아이들은 한열보다 겨우 한두 살이 많은 형이었지만 그 당시는 매우 나이 많은 형처럼 느껴졌다. 낮에는 개울에 나가 멱도 감고 저녁에는 마당 평상에 앉아 쑥을 태운 모깃불을 놓고 찐 감자와 옥수수를 먹으며 외삼촌이 들려주는 모험 가득한 이야기에 심취하기도 했다. 개울도 서울 아이들에게는 훌륭한 놀이터였고 말려 놓은 쑥을 가져다가 불을 지피는 일도 그들에게는 놀이감이었다. 불 피우느라 눈물을 질질 흘리다가도 서로의 얼굴에 묻은 검둥 칠을 보며 깔깔거리고 배꼽을 잡았다. 재미난 놀이를 찾아 눈이 벌겋던 제일 큰 이모의 아들이 수박 서리를 가자고 아우들을 꼬드겼다.

"삼촌이 그러는데 시골 와서 서리 한 번도 못해 보면 그건 남자가 아니래. 한 번 해 보고 싶지?"

아이들이 모두 고개를 끄덕였다.

"그렇지만 남의 것을 훔치는 거잖아."

한열이 그런 짓을 할 수 없다고 말렸다.

"그럼 넌 빠져. 넌 남자가 아니라도 좋다는 거지?"

한열은 남자도 아니라는 말에 그것에서 빠지고 싶지 않았다. 아이들은 용기를 내어 백 미터쯤 떨어진 수박 밭에서 수박 서리를 하기로 결정했다.

"들키면 무조건 집과 반대 방향으로 도망을 치는 거야. 주인에게 잡히더라도 잡힌 사람 외에는 다른 공범자는 없었다고 딱 잡아떼는 거 잊지 마. 성공하면 개울가에서 만나 수박을 다 먹고 집에 들어가야 해. 외할아버지께 피해를 드리면 안 되니까. 알았지?"

다섯 아이들은 나름대로 완벽한 시나리오를 만들고 D-데이를 잡았는데 시골을 떠나기 바로 전날 밤이었다. 그래야 덜미를 잡히기 전에 감쪽같이 서울로 떠난다는 계산이었다. 한열은 당일 오후 내내 얼마나 가슴이 떨리는지 저녁밥도 먹는 둥 마는 둥 불안하게 허둥댔다. 드디어 평상에서 빈둥거리던 아이들이 눈짓을 보내다가 슬금슬금 바깥으로 사라졌다. 어른들은 아이들이 시골 떠나기가 섭섭하여 동네 산책이라도 나간 줄로만 여겼다. 아이들은 낮에 보아 두었던 대로 가시나무 울타리 중 허술한 곳으로 기어들어 수박 서리를 시작했다. 목표는 각 한 통씩이었다. 각자 동서남북으로 멀리 흩어져 한 통씩을 따오기로 했지만 모두들 도망가기 좋은 곳에 몰려 부스럭거리고 있었다. 한열은 고지식하게도 약속한 대로 제일 안쪽으로 기어들었다. 겨우 수박 한 통을 따서 가슴에 안았을 때 누군가가 소리쳤다.

"도둑이야! 수박밭에 도둑이 들었어."

갑자기 원두막에서 손전등이 켜지고 사람들이 수박 밭으로 달려오기 시작했다.

"튀어!"

큰 형이 명령을 내렸다. 모두들 수박 밭을 빠져 나가느라 달렸다. 한열은 '도둑이야!' 라는 사람들 외침과 요란한 발소리에 그만 다리가 오그라드는 것처럼 발걸음이 떨어지지를 않았다. 커다란 수박 한 통을 안은 채 한열은 그들 손에 붙잡히고 말았다. 청년들은 한열을 불 밝은 곳으로 끌어냈다.

"뭐야? 너 어느 집 꼬마야? 이 동네서 본 적이 없는데?"

한열은 수박을 안은 채 벌벌 떨며 용서를 빌었다.

"수박이 먹고 싶어 그랬냐? 수박 한 통이 문제가 아니라 수박 밭을 엉망으로 만들어 놓으니까 우리가 이러는 거야. 어서 말해.

집이 어디야?"

"잘못 했어요. 남자는 시골 와서 꼭 한 번 해 보는 거라고 해서……."

한열이 콧물, 눈물을 흘리며 무릎을 꿇었다. 그 와중에도 수박이 깨질 새라 끙끙거리며 안고 있는 모습이 청년들 눈에는 우습기도 했다.

"알았으니까 그 수박이나 좀 내려놔라. 들켰으니 이제 네 수박도 아니잖아."

"아까운거 깨질까봐서요."

"요거 맹랑한 녀석일세. 용서해 줄 테니 어느 집에 사는지 말해."

"서울 살아요."

"그럼 어느 집에 다니러 온 거야?"

"말 못해요."

"너 혼자 한 짓이 아니지? 여러 명인 것 같던데……."

"아니에요. 저 혼자 한 짓이에요."

"너 자꾸 거짓말 할래? 요 녀석 용서해 주려고 했더니 안 되겠네."

"정말이에요. 한 번만 용서해 주세요. 다시는 이런 짓 안 할게요."

그때 한 청년이 한열의 얼굴에 손전등을 비추면서 말했다.

"아, 저 위 감나무 집 할아버지네 놀러 온 애들이 맞아. 오늘 낮에도 개울에 물놀이 나왔었어."

"그래? 그 말이 맞아?"

"아니에요. 그 집에 온 거 아니라고요."

"그럼 긴지 아닌지 한 번 가보자."

"안 돼요. 한 번만 용서해 주세요."

끝까지 버텼지만 불가항력이었다. 한열은 청년들 손에 끌려 외가 집으로 갔다. 이종형들은 어느 틈에 시치미 뚝 떼고 집에 돌아와 있었다. 청년들 손에 끌려 들어오는 한열을 보는 순간 그들은 불안한 표정을 숨기지 못했다.

"이 꼬마가 이 댁에 놀러 온 녀석 맞습니까?"

외할아버지를 비롯해 이모들과 어머니까지 대청마루에 앉았다가 한열을 보았다. 한열은 그들의 얼굴을 보자 모든 것을 체념하고 고개를 숙인 채 눈을 감아 버렸다. 외할아버지와 외삼촌은 청년들과 반갑게 인사를 나누었다. 청년들은 할아버지 앞에서 한열을 '맹랑한 녀석'이라고 말하며 알밤 한 대를 먹였다. 그들은 싱겁게 웃으며 한열이 땄던 수박 한 통을 전해 주고 돌아갔다. 할아버지가 빙그레 웃었지만 한열은 눈을 감고 있었기 때문에 그 모습을 볼 수 없었다. 어머니가 한열을 방으로 데리고 들어갔다.

"말을 해라. 왜 그런 짓을 했는지. 누가 시켰니?"

"아니요. 저 혼자 생각해 낸 일이에요. 책에서 읽은 대로 한 번

해 본 거예요. 잘못했어요."

"그럴 리가 없어. 넌 그럴 용기가 없는 거 엄마는 알아. 바른대로 말해라. 누가 시킨 거니?"

"더 이상 묻지 마세요. 다시는 이런 짓 하지 않을게요. 엄마, 제가 잘못했어요."

한열은 참았던 울음을 터뜨리며 서럽게 울었다. 바깥에서 형들은 한열이 고자질을 할까봐 가슴 조이며 방 안 동태를 살폈다. 끝내 입을 열지 않자 형들은 안도하고 시치미를 떼었지만 어머니는 모든 것을 알았다. 한열은 시골을 떠날 때까지 방 안에 틀어박혀 얼굴을 내밀지 않았다. '도둑이야!' 라고 외치던 청년들의 고함소리가 귓전에 쟁쟁해 견딜 수가 없었다. 비로소 자신이 도둑질을 했다는 것이 실감나고 청년들 손에 끌려오던 스스로의 모습에 부끄러움을 느꼈다. 그런 짓을 시킨 형이 미웠다. 마지막 밤을 형들과 함께 지내는 것이 싫어서 쌀뒤주가 있는 골방에서 잠들었다가 밤새 악몽에 시달리며 땀에 젖기도 했다. 의기소침해진 아들이 안되었는지 서울로 돌아오는 기차 속에서 어머니는 다정하게 한열의 어깨를 감쌌다.

"엄마가 왜 더 묻지 않고 널 용서했는지 아니?"

한열은 고개만 떨군 채 대답하지 않았다.

"남자다운 네 행동이 자랑스러웠기 때문이야. 형들이 시킨 것을 고자질하지 않은 것은 잘 한 일이야. 남자는 다른 사람들을 위해서 비밀을 지켜줄 줄도 알아야 하거든."

"알고 계셨어요?"

한열은 어머니가 이미 알고 있다는 사실에 깜짝 놀랐다.

"알고 있었어. 네가 붙들려 들어올 때 네 형들 얼굴이 새파랗게 질리는 걸 보았단다. 엄마는 선생님이야. 아이들 눈빛만 보아도 다 알 수 있지. 우리 착한 아들이 그런 짓을 스스로 할 리가 없다는 걸 엄마는 믿어."

한열은 어머니가 머리를 쓰다듬자 그 팔에 얼굴을 묻으며 눈물을 흘렸다.

"남들이 다 하자고 해도 옳지 못한 짓을 따라 하는 것은 똑같이 나쁜 사람이야. 그들을 네가 적극 말렸어야 하지 않겠니?"

유한열은 어머니의 정의로움과 인자로움을 피부로 느끼며 성장했다고 고백했다.

"저를 얼마나 소중하고 귀하게 여기셨는지, 그리고 얼마나 믿어주셨는지 알고 있습니다. 그 고운 어머니의 이름을 더럽혀서는 안 된다고 생각하며 살았습니다. 어머니는 간혹 저를 '내 대통령'이라고 하셨습니다. 쓰레기를 버리는 일이나 재떨이를 아버지께 가져다 드리는 일조차도 시키지 않으려 하셨습니다. 어머니에게 저는 항상 대통령 대접을 받은 것입니다."

그래서 그는 어머니를 실망시킬 수 없었고 조국을 배신할 수 없었다. 그의 실력을 인정해 준 어느 막강한 국가가 최초의 새로운 우주선 개발 프로젝트에 참여해 줄 것을 제안했을 때도 그는 갈등했지만 결국 거절했다. 유혹을 뿌리치기 위해서는 대단히 큰 용기가 필요했다. 어머니의 사랑과 믿음이 없었다면 그런 용기를 감히 낼 수 없었을 것이라 했다.

"저는 어머니처럼 훌륭한 선생이 되려고 노력하고 있습니다. 대학 강단에 설 때에도 가끔씩 어머니 앞에 부끄러움이 없는 선생인지 제 자신을 돌아봅니다."

유한열 박사는 대학 시절에 어머니를 여의였다. 아이들을 데리고 수학여행을 다녀오다가 빗길에 미끄러진 버스가 가드레일을 들이받고 낭떠러지로 굴렀다. 버스는 전복되고 버스안의 승객들은 거의 다 부상을 입었다. 부상 입은 어린 제자들을 한 명이라도 더 구출하기 위해 어머니는 차창을 깨고 버스 밖으로 아이들을 내보냈다. 제자들을 구한 뒤 정작 본인은 폭발하는 버스에서 빠져나오지 못했다.

돌아가신 뒤 발견된 어머니의 일기장에는 오로지 외아들 유한열에 대한 사랑과 염려의 내용으로 가득했다.

나의 대통령이고 나의 희망인 우리 아들, 유한열은 역시 나를 실망시키지 않았다.
그리도 열망하던 공과 대학에 우수한 성적으로 합격했다. 고맙다. 아들아!

한 번도 내 속을 썩인 적이 없는 아이다. 한열이는 무엇이 될까? 로봇이라면 죽고 못 살았으니 로봇을 만드는 박사가 될 지도 모르겠다. 로봇 박사가 되면 음식 이름만 말하면 멋진 요리를 척척 만들어 주는 로봇이나 하나 만들어 달라고 해야겠다. 그래야 오늘처럼 기쁜 날 우리 대통령에게 맛있는 축하 음식을 먹일 수 있을 테니까.

유독 음식 솜씨가 없어서 고민하던 어머니의 심정이 그대로 드러나 있었다. 김치찌개를 만들다보면 김칫국이 되고 된장국을 끓이다보면 된장찌개가 되는 일이 다반사였다. 유난히 입맛이 까다로운 아버지는 식탁에서 매번 어머니에게 '이게 국이냐 찌개냐'며 면박을 주고 숟가락을 놓았다. 법학을 전공한 대학 교수가 볼 때 초등학생들 데리고 풍금이나 치는 여선생이 가소로워 보였는지 언제나 아버지는 어머니를 윽박질러 제압했다.

어머니 개인 사물함에는 아들의 학자금 보험, 결혼 보험, 평생건강 보험 증서들이 차곡차곡 무슨 비밀문서인양 숨겨진 채 들어 있었다. 아마도 아버지의 '쓸데없는 짓 한다'는 꾸지람이 성가셔 깊이 넣어놓은 듯 했다. 어머니 이름이 적힌 작은 앨범 한 권도 그 속에서 나왔다. 어머니의 처녀 시절, 어머니의 대학 시절, 어머니의 남녀 친구들이 얼굴을 드러낼 것으로 기대했지만 그 속에는 오로지 낯익은 한 남자의 얼굴만이 가득했다. 그 남자는 그녀의 대

통령 유한열이었다. 이미 한열의 앨범은 따로 마련되어 있었는데
도 어머니의 앨범에는 어머니 사진보다 아들의 사진이 더 많이 자
리를 차지했다. 빛바랜 한열의 유년 시절이 어머니의 유년 시절인
양 어머니 앨범 속에 빼곡히 들어차서 더 이상 어머니의 사진은
자리를 얻지 못하고 뒷전 갈피사이로 밀려난 상태였다. 한열의 사
진들을 나이 별로, 학년 별로 가지런히 스크랩 해 두고 어머니는
그것을 수시로 때때로 꺼내 보았다. 배꼽과 고추를 활짝 드러내놓
고 찍은 백일 사진도, 이도령 모자 쓰고 색동저고리 갖춰 입은 돌
사진도 모두 어머니 앨범 속에서 반짝반짝 빛이 났다. 한열의 기
억에선 아물아물 사라져 갔지만 어머니 앨범에서는 생생한 그날
의 얼굴로 거기에 있었다. 어머니는 어머니가 아니고 유한열이었
으며 어머니는 여자가 아니고 유한열이었다. 어머니의 모든 것에
아들의 모든 것이 함께 존재했다.

　한열은 어머니가 돌아가시고 1년 가까이 술만 마시면 술주정처
럼 어머니를 찾으며 눈물을 뿌려 술좌석 사람들을 쫓았다. 그 몸
짓, 그 손길, 그 눈길을 떨쳐낼 수가 없었다. 손때가 묻은 어머니
사물함을 그는 아직도 보물처럼 간직하고 있었다. 아내도 어머니
와 닮은 교사를 찾아 맞아들였다. 지혜로운 아내는 남편의 어머니
와 닮아 가려고 애썼다. 그래야 그의 어머니만큼 사랑 받을 것을
알고 있었음으로. 홀아비로 살 자신 없다며 아버지가 새로운 여자
와 재혼했지만 그는 한 번도 새 여자를 어머니라고 부르지 않았

다. 아버지도 그녀를 어머니라 부르라고 말하지 못했다. 남편보다 더 각별한 모자 사이를 너무나 잘 알고 있기에 그들 사이는 죽음조차도 갈라놓을 수 없다고 지금의 아내에게 말했다. 새 여자는 단지 아버지 아내일 뿐 한열의 어머니는 될 수 없었다.

유한열 박사는 자기가 한 나라의 대통령 못지않은 세계적인 공학 박사라는 것을 어머니께 보여드리지 못한 것이 제일 아쉽다고 했다. 어머니에 대한 그리움이 그를 더욱 정진하도록 만들었다. 현직에서 은퇴하고 나면 어머니 말대로 음식 만드는 로봇을 한 번 제작해 볼 계획이라 했다.

"할머니는 부모 없이 자란 아이들을 저 같은 공학자로 키워 달라 하셨습니다. 그러나 저는 자신이 없습니다. 할머니가 거두던 아이들이 어떤 아이들인지 만나보기 전에는 할머니의 유언을 받들 수 없어요. 실력이야 얼마든지 지식을 불어 넣어 만들어 줄 수 있는 일이지만 바른 인성이 따르지 않는 실력은 살인자에게 무기를 들려주는 것보다 무서운 일임을 저는 압니다. 저에게는 종교보다 더 믿음이 강한 어머니가 계셨기에 흔들림 없이 여기까지 올 수 있었지만 그들의 정신적 지주는 누구일까요?"

유한열 박사는 할머니의 유언을 이 자리에서 결정할 수는 없다고 심정을 밝혔다.

"유 박사님이 그런 어머니 같은 선생이 되어주면 안될까요?"

상조회에서 제일 연장자인 김 선생이 조심스레 자신의 의견을 내놓았다. 유 박사는 잠시 그 말을 되새김하는 것 같았다.

　"저에게 너무 무거운 짐을 지우시네요. 거의 불가능한 일이라고 생각이 됩니다만…… 생각 좀 해 봐야겠습니다."

　다시 침묵이 흘렀다. 그 누구도 감히 그에게 짐을 지라고 말 할 사람은 없었다.

할머니가 운명하시던 날도 제일 늦게 찾아와 어쩔 수 없이 앉았다가 슬그머니 먼저 사라졌던 장사라. 식당에서 장례 절차인 '공짜로 밥 먹이기' 봉사를 할 때도 급한 일이 있다며 잠시 얼굴만 비추었던 장사라 씨는 이 날도 늦게 나타나 유언장을 받고 의아한 표정을 지었다.

"친 가족도 아닌 우리에게 할머니가 왜 유언장을 남긴 거죠?"

생뚱맞은 질문에 사람 좋은 용만 씨가 약간의 불쾌함을 드러냈다.

"어머님이 상조회를 만드실 때 친 가족이 되자고 하셨던 걸로 기억하는데요. 장 선생님도 그 말씀에 그렇게 하겠다고 대답을 하셨고요."

"그건 그랬죠. 말이 그렇다는 거지 사실 남이 가족이 될 수는 없는 거잖아요. 저는 제 친어머니에게도 남 같은 존재예요. 그런 어머니 때문에 정신적인 고통에서 아직 벗어나지도 못하고 있는 상황이고요."

장사라 씨는 아직 유언장을 개봉하지도 않은 채였다.

"우선 유언장을 열어 보시죠."

이철두 변호사가 그녀에게 유언장을 읽을 것을 권유했다.

"글쎄요. 저는 그럴 결심이 안서네요. 사회복지사인 저에게 혹 어떤 짐을 떠맡길 건 아닌지 염려스럽기도 하고요. 설마 할머니가 먹고 살만한 재산을 나에게 남겨 주시지는 않았을 거고……."

장사라 씨는 금테 안경을 올렸다 내렸다 하며 거만을 떨었다.

"알겠습니다. 장 선생이 오시기 전에 여러분들께 말씀드렸지만 강 여사님의 유언은 모두 본인의 자유의사에 맡긴다고 했습니다. 물론 읽지 않을 자유도 있습니다. 장 선생은 유언 내용과 관계없이 거절한 것으로 기록하겠습니다."

장사라 씨의 나이가 별로 많지는 않았지만 이 변호사는 '장 선생님'이라는 호칭 대신 '장 선생'이라는 호칭을 사용했다. 이 변호사는 단호한 말투와 함께 그녀 앞에 놓인 유언장을 걷어 들이려고 손을 뻗었다.

"잠깐만요!"

장사라 씨가 이 변호사의 손을 저지 하며 재빨리 유언장을 집어 들었다.

"말씀대로 내용을 보고나서 거절 내지 사양을 해도 되는 거지요?"

사람들은 장사라의 교양 있는 척 도도한 말투에 떫은 감씹은 표정들을 지었다. 차마 말은 하지 못하지만 하나 있는 제 어머니도 보살피지 않는 주제에 무슨 사회복지사업을 한다고 설레발을 치느냐고 코웃음을 치며 비웃고 싶었다. 그러면서도 모두들 궁금했다. 과연 욕쟁이 할머니가 장사라에게 어떤 유언을 남기셨는지. 그녀는 말없이 유언장을 눈으로 읽어 내려갔다. 점점 장사라 씨의 눈이 빠르게 움직이고 끝내는 주먹으로 자신의 입을 틀어막았다. 어떤 일이 닥쳐도 '그래서요?' 하고 턱을 치켜들고 상대방을 받아치는 여자였다. 잘나가는 유명 변호사 정치인을 남편으로 두고 있어서인지 그녀는 세상에 겁날 것이 없어 보였다. 그런·여자가 터져 나오려는 비명소리를 스스로 저지하고 있는 것이다. 경악을 금치 못하는 모습이었다. 주먹을 앞니로 깨물고 있는가 싶더니 눈에서 닭똥 같은 눈물이 뚝뚝 스커트 자락으로 떨어져 내렸다. 모여 있던 사람들이 서로 얼굴을 마주보며 '무슨 일이야?' 하는 눈짓을 나누었다.

"왜? 무슨 일인데?"

나서기 좋아하는 정막달 씨가 제 마음대로 '아우!' 하고 부르던 다정한 목소리로 물으며 장사라 씨에게 다가앉았다. '아우'라고 할 때마다 그녀는 '내가 왜 정막달 씨의 아우에요?' 하고 눈을 희

번떡이면서 그녀를 외면하곤 했었다. 사람들은 숨을 죽인 채 두 사람에게 시선을 고정시켰다.

"아, 할머니!"

장사라 씨가 마침내 두 손으로 얼굴을 감싸며 방바닥에 머리를 박았다. 한참을 울도록 모두는 기다려 주었다.

"엄마가 위암이래요. 병든 우리 엄마를 할머니가 거두고 계셨대요. 난 엄마가 유료 실버타운으로 간다기에 그런 줄만 알았는데…… 병든 그 한 몸뚱이 받아 줄 곳이 없어 할머니를 찾아갔다고 하셨어요. 세상에, 할머니가 운영하는 독거노인 요양원에 들어간 거였어요."

"그래서요?"

이구동성으로 그녀에게 물었다.

"말하자면 길어요. 사실은 제가 편안하게 모실 테니 나한테 달라고 그렇게 설득해도 내놓지 않던 아버지 집 한 채가 있었어요. 엄마가 그걸 팔아서 자기를 거두어주는 보답이라며 할머니께 맡겼는데 할머니가 그걸로 큰돈을 만드셨대요. 어머니를 잘 받들어 모시겠다면 그 돈을 돌려줄 테니 진정한 사회사업에 쓰라고요."

장사라 씨는 자기가 왜 어머니를 돌보지 않고 등지게 되었는지 변명처럼 서둘러 고백하기 시작했다.

"저는 무남독녀 외동딸로 부모님께 사랑 받으면서 자랐어요. 특히 아버지가 얼마나 절 예뻐했는지는 말 할 수가 없을 정도였어요. 엄마는 아버지와 나 사이를 항상 질투했어요."

어릴 때는 어리다고 봐 주었지만 딸이 아이가 아닌 처녀가 되고 여자로 성숙하자 사라엄마는 아버지와 자주 말다툼을 벌였다.

"도대체 당신한테는 딸이 먼저예요? 마누라가 먼저예요?"

아버지는 사라의 말이라면 무조건 들어주었고 사라엄마가 하는 말에는 콧방귀도 뀌지 않았다. 딸년은 아버지를 믿고 기고만장이었다. 무엇이든 '아버지한테 허락 받았어.' 하고 엄마를 무시했다. 아버지는 사라 앞에서는 거의 마법에 걸린 왕자처럼 판단력을 잃고 헤매었다.

"사라야, 제발 돈 좀 아껴 써라. 넌 아직 학생이야. 그건 학생 신분에 지나쳐."

분수에 넘치는 명품만 사들이는 딸을 보다 못해 엄마가 주의라도 줄라치면 사라는 정면으로 덤벼들었다.

"엄마는 아빠가 날 사랑하는 게 그렇게 눈꼴시어? 아빠가 이번에 과에서 일등한 기념으로 사준 거란 말이야. 샘나고 부러우면 엄마도 명품을 사면 될 거 아니야. 딸과 아버지 사이를 질투하는 사람은 엄마뿐일 거야."

"너 그걸 말이라고 해? 보자보자 하니까 이제 이 엄마를 이상한 정신병자 취급을 하는구나. 아버지도 일손 놨으니 절약해야 된다는 말이야. 이 못된 것 같으니라고."

사라엄마는 딸의 뺨을 한 대 올려붙였다. 그러자 사라가 울며 불며 아버지한테 달려가 고자질을 해댔다.

"이게 무슨 못된 짓이야? 어디 때릴 데가 있다고 손찌검이냐고?"

아버지는 사라의 빨개진 뺨을 쓰다듬으며 길길이 뛰었다. 사라엄마도 더 이상 참지 못하겠다고 맞섰다.

"쟨 당신 딸이기도 하지만 내 딸이기도 해요. 언제까지 애가 해달라는 대로 다 해줄 거예요? 공주처럼 키워 남의 집에 시집보내면 뭘 할 줄 알겠어요?"

"걱정 마. 아무 것도 안하고 왕비마마처럼 모시는 집으로 시집보낼 테니까."

"남들이 보면 전처자식인 줄 알겠네요."

그날 사라엄마와 아버지는 대판 부부 싸움을 벌였다. 딸 문제로 말다툼이 잦아지면서 사라 엄마와 아버지 사이는 점점 멀어져 갔다. 아버지 말대로 사라의 복이었는지 잘난 신랑과 결혼해서 부모 품을 떠나갔다. 정말 손끝에 물 한 방울 안 적시는 그런 신랑을 만났다. 딸을 출가시킨 아버지는 말을 잃어갔다. 낙을 잃은 사람처럼 시름시름 앓으며 자리를 폈다. 사라가 결혼한 지 얼마 되지 않아 아버지는 영원히 딸 곁을 떠났다.

그날따라 아버지는 유난히 허전해 했다. 어머니에게 정종 한 잔을 데워 달라고 하자 그녀는 맛난 생선조림을 만들어 술상을 보았다. 반주를 곁들인 저녁 식사까지 잘 먹고 잠자리에 들었다. 그 날 밤 그는 급성 심장마비로 숨을 거두었다. 부부는 사라가 결혼 하기 전부터 각 방을 쓰고 있었는데 아내는 아침에야 남편이 숨진 것을 알았다. 아버지의 부고를 받은 사라는 엄마가 아버지를 너무 외롭게 버려두고 푸대접해서 돌아가신 거라며 악을 쓰고 울었다. 억장이 무너지는 억지 소리였지만 안방에서 혼자 숨을 거둔 남편 을 생각하면 아무 할 말이 없었다. 아무런 죽음의 준비도 유언도 없이 돌아가시자 사라는 아버지 집을 내놓으라고 엄마에게 염장 을 질렀다. 사라엄마는 딸에게 유산 상속 소송도 불사하겠다고 으 름장을 놓았다. 사라는 그 집을 자기에게 주면 엄마를 평생 잘 모 시겠다고 달래도 보았다. 그러나 사라엄마는 재산을 사라에게 넘 기면 자신이 불쌍한 늙은이 꼴 되는 건 불 보듯 뻔한 일이라고 생 각했다.

"자식이 하나뿐이니 나 죽으면 당연히 네 것이 되는데 왜 이렇 게 서둘러? 내가 살아있는 동안은 네 신세지고 싶지 않다. 그러 니 나 죽고 난 다음에 쓰고 남은 거 다 가져 가. 나 죽기 전에는 못 줘."

사라는 작별 인사조차도 나누지 못하고 아버지를 떠나보낸 것 이 다 엄마 탓인 것만 같아 엄마가 정말 미웠다. 엄마가 미운만큼 아버지가 간절히도 보고팠다. 딸의 조잘거리는 이야기를 들으며 아버지는 얼마나 행복해 했던가. 백화점에 가는 길에 아버지의 팔

짱을 끼면 딸은 얼마나 그 팔이 든든했던가. 딸과 나란히 거리에 나서면 세상에 부러울 것이 없다던 아버지였다. 결혼해서도 아버지가 그리워 밤이면 훌쩍거렸었다.

"엄마 그리워 우는 신부는 봤어도 아버지 그리워 우는 신부는 처음 봤네."

신랑이 놀릴 정도였다. 남편은 다음 날이면 아내를 처가로 데리고 갔다. 차츰 그 간격이 뜸해지는 것은 당연한 일이었다. 사라 엄마는 남편과 둘이 있으면 그저 끼니 때 '식사 하세요'라는 말 외에는 말을 하지 않았다. 공부 잘하고 예쁘고 애교 많은 딸을 보는 낙으로 살던 아버지를 엄마는 늘 못마땅해 했다고 사라는 말했다.

"좋아요. 정 그렇다면 난 엄마랑 인연을 끊을 테니 그 돈 가지고 천 년 만 년 잘 먹고 잘 사셔."

그렇게 엄마와 인연을 끊었다. 사라 입장에서는 건강하던 아버지를 갑자기 잃게 만든 엄마가 원망스러웠고 엄마를 볼 때마다 아버지가 너무나 그리웠다. 엄마는 돈 한 푼 벌어 본 적이 없는 사람이었다. 집장사였던 아버지가 평생 집짓고 돈 벌어 엄마에게 주었다. 최고의 건축 자재로 손수 공들여 지은 그 집 한 채면 엄마가 여생을 편안하게 쓰고도 남을 정도였다. 그 집의 재산 가치보다도 아버지가 손수 지은 집을 사라는 지키고 싶었다. 아버지의 영혼은 아마도 사랑하는 딸이 사랑하던 그 집을 이어받기를 바라고 있을 것이라고 사라는 믿었다.

악착같이 아버지의 집을 지키려던 엄마가 심경의 변화를 일으
킨 것은 자신이 병든 것을 알고 나서였다. 소화 기관에 문제가 생
겨 병원에 드나드는 것은 사라도 알고 있었다.

"저희 남편이 엄마한테 오가며 소식을 전했지요. 위궤양 정도
인 줄만 알았지 위암일 줄은 정말 몰랐어요. 엄마가 일부러 병을
저에게 숨긴 거예요. 난 큰 병원에서 치료를 잘 받고 있다는 말만
믿었어요. 그러다 어느 날 갑자기 공기 좋고 시설 좋은 실버타운
으로 들어간다기에 그 좋은 집을 두고 돈 놀음 한다고 욕을 했어
요. 나중에 집을 팔았다는 소리를 듣고는 너무 분해서 다시는 엄
마를 보지 않겠다고 선언했었어요."

그런 사라엄마가 할머니에게 집 팔은 돈을 맡기면서 여생을 의
탁하고 할머니는 그 돈을 키워 다시금 사라에게 돌려주려 하는 것
이다. 엄마는 죽음을 앞두고 있는 불치병 환자가 되었는데 딸은
그 사실조차도 모르고 있었다.

"엄마가 자기 죽으면 나에게 전해 달라고 할머니에게 맡긴 마
지막 편지를 할머니가 나에게 전해 주고 가셨네요. 저같이 나쁜
딸년을 위해 쓰신 엄마의 마지막 편지를 읽고 할머니가 이런 유언
을 하게 되셨다고 합니다."

사라는 할머니 유언장과 함께 나란히 들어있던 어머니의 편지
를 들고 떨리는 목소리로 글을 읽었다.

"사랑하는 내 딸 사라야! 엄마가 아무래도 네 곁을 오래도록 지키지 못 할 것 같구나. 아빠가 널 사랑한 만큼 엄마도 널 사랑한단다. 단지 아빠와 엄마는 사랑하는 방식이 다를 뿐이었어. 아빠는 귀여워서 오냐오냐하며 사랑한 것이고, 엄마는 결국 세상에 혼자 남을 너를 위해 강하게 홀로 서는 법을 가르치려 했던 거였다. 결과적으로 너에게 버림받는 꼴이 되었지만 난 널 내 눈에서, 머리에서, 가슴에서 단 한 순간도 떼어본 적이 없단다. 내가 밥을 먹으면 '애도 지금 밥을 먹을까?' 생각하고 잠을 자면 '사라도 잠을 자겠지.' 하며 살아왔다. 너의 뺨을 때리던 날, 나는 내 손바닥에 닿던 네 부드러운 뺨의 감촉을 지울 수 없어 벽에다 내 손을 짓찧으며 후회를 했었다. 때린 거 용서해라.

사랑하는 사라야, 널 두고 먼저 가야한다는 그 사실보다 이 세상에서 널 지켜줄 사람이 네 주변에서 하나가 사라진다는 사실이 더 걱정이구나. 우리 딸을 이 세상에 만들어 놓고 부모가 이렇듯 무책임하게 덩그러니 버리고 간다고 생각하니 가슴이 메어온다. 내가 가더라도 할머니를 친할머니처럼 대하도록 하여라. 내가 만나 본 중 가장 훌륭한 어르신이 바로 할머니시다. 너의 진로에 크게 도움이 되실 분임을 의심치 마라.

사랑한다. 내 예쁜 딸아. 그 고운 눈에 또 눈물을 쏟게 해서 미안하구나. 엄마가."

마지막 구절을 읽을 때 사라는 거의 울음으로 얼버무려 무슨 말인지 알아들을 수가 없었지만 어느 누구도 그 구절을 궁금해 하지 않았다.

"죄송하지만 저는 지금 엄마한테 가봐야겠어요. 단 한 시간이 급한 것 같아요. 위암은 요새 얼마든지 완치될 수 있는 병이에요. 불치병이 아니라고요. 전 엄마를 살릴 거예요. 여러분, 감사합니다. 할머니 감사합니다."

사라는 모인 사람들에게 꾸벅 절을·하고 할머니 영정에 꾸벅 절을 한 다음 상가를 뛰쳐나갔다. 아무도 그녀를 붙들지 않았다.

제5장
어머니가 주신 영혼과 육신을
소중하게 아끼고 훼손하지말라

사 람들이 이런 저런 일로 웅성거리고 시끌벅적 소란을 떨
어도 조는 듯 마는 듯 눈을 감고 앉았던 안 사장이 이철두
변호사를 향해 갑자기 질문을 던졌다.

"강 여사님이 유언장을 작성한 시기가 언제쯤입니까?"

사람들이 모두 안 사장을 돌아보았다. 왜 지금 그것이 궁금하
냐는 표정들이었다.

"처음 작성한 시기는 삼 년 전입니다만 최근 일 년 전부터는 수
시로 유언 내용을 수정하고 보완하는 작업을 했습니다. 왜 그러십
니까?"

이 변호사는 뭐 잘못 됐느냐는 표정으로 안 사장에게 되물었
다. 내내 무슨 생각을 하는지 모를 표정으로 그렇다고 별로 슬프
지도 않은 얼굴로 빈소를 묵묵히 지키고 앉았던 그에게서 엉뚱한

질문을 받자 이 변호사는 그의 존재가 궁금해졌다.

"달리 여쭙는 게 아니라 너무 상세히 최근 상황까지 유언장에 적혀 있어서요. 어느 틈에 그렇게 눈여겨보셨는지 정말 놀랄 일입니다. 보통 양반이 아니라는 건 알고 있었지만 귀신이 곡할 노릇이라는 말이 꼭 맞는 표현이네요. 제 이야기 좀 들어 보세요."

안 사장이 그렇게 말을 잘하는 사람인 줄은 아무도 몰랐던 일이었다. 오죽하면 노인들이 '소 잡아먹은 귀신'이라고 할 정도로 말이 없는 사람이었다. 그런 사람이 청산유수같이 말을 쏟아놓기 시작했다.

안 사장이 동남아로 수출하는 섬유 공장을 가지고 있었다는 사실은 상조회 사람 모두가 알고 있는 일이었다. 또 회사가 도산해 하루아침에 신용불량자에 실직자가 된 사실도 아는 터였다.

안 사장은 한 달에 한 번씩 할머니 식당에 공장 전직원을 다 데리고 와서 특별 주문한 수육과 국밥과 동동주를 배불리 먹였다. 그날만큼은 할머니도 절대로 욕을 하지 않았다. 어려운 상황에서도 자기 직원들을 가족처럼 생각하고 아끼는 안 사장에게 칭찬을 해주었다. 안 사장 회사의 회식 날에는 그 짠순이 할머니의 서비스 음식들이 쏟아졌다. 심술 맞은 욕쟁이 할머니가 그에게는 이상하게 큰아들처럼 정을 베풀었다. 하도 기이한 일이라 아들 용만이 슬쩍 어머니에게 물어본 적이 있었다.

"어머니는 안 사장이 마음에 드시나 봐요?"

"왜? 그러면 안 되냐?"

"아니, 이상하게 안 사장에게는 한 번도 어머니가 욕하는 걸 들은 적이 없어서 그냥 여쭤 보는 거예요."

"눈치 한 번 빠르구먼. 난 그 양반을 욕할 수가 없어. 꼭 용달 총각을 보는 것 같아서 말이야."

"예? 용달 총각이요? 우리 아버지요? 아버지랑 닮았어요?"

"그래. 바짝 마른 몸집도, 하는 짓도, 마음 쓰는 것도, 부지런한 것도 영판 닮았어."

"아버지 얼굴이 기억이나 나세요?"

"육실할 놈, 애 애비 생각 안 나는 년도 있어?"

"또 욕하시네. 어머니가 기억하는 사십년 전에 아버지 얼굴은 삼십대의 젊은 얼굴일 거 아니냐고요. 나보다 더 젊었겠네. 그런데 안 사장님이랑 닮았다는 게 말이나 되요? 안 사장이 지금 몇 살인지나 아세요? 나보다도 나이가 많다고요."

"그렇긴 그려. 근데 왜 자꾸 닮았다는 생각이 드는 거지?"

할머니는 고개를 갸웃거리며 골똘히 용달 총각의 모습을 떠올리려 애썼다. 아무리 더듬어 보아도 안 사장 비슷한 젊은이의 얼굴만 눈앞에 그려졌다.

"내가 아무래도 용만 애비 얼굴을 잊어버린 거 같구먼. 생생하게 그려낼 것 같았는데 그게 아닌가봐. 허기야 세월이 얼만데 그

걸 기억하겠어?"

어머니의 독백이었지만 용만은 충분히 엿들었다. 주름진 자신의 지금 얼굴과는 어울리지도 않을 삼십대 초반의 새 신랑을 떠올리는 어머니가 가슴 쩡했다. 죽은 사람은 그래서 영원히 사는 모양이었다. 죽을 때의 나이와 그때의 모습을 영원히 간직한 채 존재하므로 더 이상 늙지도 변하지도 않을 것이니까.

"안 사장은 뭐든 잘 해낼 거야. 마음 씀씀이가 반듯해서 말이야."

할머니는 안 사장이 회식비를 계산할 때마다 늘 그렇게 덕담으로 용기를 주었다.

할머니가 그렇게 믿어주었는데 그는 회사를 끝내 지켜내지 못했다. 공장도 날아가고 집도 날아가고 식구가 다 길거리에 나앉게 되었다. 회사가 망한 것을 알고 어머니가 안 사장 몰래 행상을 나섰다. 원래 수줍음이 많아 남에게 물 한 잔 달라는 말도 못 하던 어머니였다. 노점 판을 벌여 놓고 장사를 하다가 구청 단속반의 발길에 채여 허리를 다쳤다. 절룩거리며 동네 분들의 부축을 받고 들어오는 어머니를 보자 안 사장은 눈이 뒤집히는 기분이었다. 차마 눈 뜨고는 볼 수 없는 일이 벌어진 것이었다. 그저 절이고 산이고 산수 좋은 곳에 가면 두 손을 비비며 빌고 기도할 줄 밖에 모르던 어머니가 장사에 나서다니. 이렇게 살면 뭐하냐고 고함을 치며 집을 뛰쳐나왔다.

안 사장은 그 길로 승용차를 끌고 서울을 벗어났다. 사흘 뒤에 채권자에게 넘겨 줄 자동차였지만 그 순간 앞뒤 가릴 정신이 없었다. 언젠가 직원들과 단합대회를 갔을 때 보아둔 북쪽의 호수로 차를 몰았다. 호수가 깊고 커서 한 번 빠지면 쉽게 헤어 나올 수가 없다던 말이 기억났다. 가족들은 뿔뿔이 흩어져야 하는 입장이고 늙은 어머니는 자식 몰래 장사를 나섰다가 허리를 펴지 못한 채 부축을 받으며 집으로 돌아왔다. 막내를 데리고 아내는 친정으로 가기로 했고 학교를 다녀야 하는 큰 놈은 형 집에 맡기기로 했다.

"당신은 어쩔 건데요?"

아내가 눈시울을 적시며 초췌해진 남편을 걱정스레 쳐다보았다.

"나는 당분간 회사 뒷정리를 해야 하니 공장 기숙사에서 임원들과 잘 지낼 거요. 내 걱정은 말아요."

말은 그렇게 했지만 정리가 끝난 지 오래였다. 기숙사를 비워 준 지도 오래였다. 찜질방 밖에 갈 곳이 없었다. 하루 이틀에 원상 복귀 시킬 수 있는 상황이 아니었다. 갈 길은 멀기만 하고 실낱같은 희망도 엿보이지 않는 현실 앞에서 안 사장은 발밑이 바로 천 길 낭떠러지임을 알았다. 돌아갈 길은 없었다. 그냥 뛰어내리는 편이 속 편할 것 같았다. 이것저것 생각하기도 싫었다. 인적이 드물고 물이 깊은 쪽을 택해 차와 함께 호수로 뛰어들 생각이었다. 차를 두고 혼자 물로 뛰어내리기는 쉽지 않을 것 같았다. 그러나 차에 앉은 채 가속 페달을 밟고 그대로 달리게 놓아두면 저절로 물속으로 뛰어들게 된다. 호수에 도착한 안 사장은 주변을 탐색하느라 차를 몰고 호수를 한 바퀴 돌아보기로 했다. 가을로 접어드는 계절 탓인지 갈대숲이 무성해 차가 빠져도 그 흔적을 찾기란 쉽지 않을 것 같아 다행이었다. 마땅한 장소를 물색하고 시간을 끌면서 조금 어둑어둑해지기를 기다렸다.

"어머니 용서해 주세요. 여보, 미안해. 애들아, 잘 자라다오."

차에 앉아 어머니와 아내와 자식들에게 용서를 빌었다. 현재가 아닌 미래는 생각하지 않기로 마음먹었다. 산 사람은 살게 마련이다. 그들은 내가 없어도 어떻게든 살아갈 것이다. 호수로 오는 길까지는 착잡한 심정이었는데 막상 죽기로 작정하고 나니 오히려 마음이 담담해져 갔다. 어머니께는 먼저 가서 죄스럽고 아이들에게는 책임을 다하지 못해 미안했다. 이 모든 일을 혼자 감당해야 할 아내는 측은했다. 지는 해가 하늘에 붉은 노을을 뿌렸다. 석양 저녁노을이 그렇듯 아름다운지 비로소 알았다. 편안하게 노을 한 번 바라볼 여유 없이 열심히 살아왔건만 결과는 빈손에 죽음이라니 살아온 나날이 억울한 심정이었다. 노을은 삽시간에 검게 변해갔다. 이윽고 어두움이 내리고 호수 주변에는 가로등이 켜졌다.

그가 시동을 걸고 서서히 목적지를 향해 출발했다. 액셀러레이터에 얹은 발에 힘이 가해졌다. 차가 갈대숲을 밟으며 앞으로 나아갔다. 그때였다. 갑자기 노파가 하얀 수건을 마구 흔들며 차 앞으로 달려들었다. 차를 태워달라는 시늉을 하며 차 앞을 가로막은 것이다. 안 사장은 급히 브레이크를 밟았다. 자동차가 요란한 소리를 내며 급정거를 하고 그는 엉겁결에 핸들을 꼭 쥐고 얼굴을 두 팔 사이에 묻었다. 한참 만에 그가 고개를 들어 상황을 살폈다. 노파가 보이지 않았다. 차 밑에 깔린 것이 분명했다. 안 사장은 자동 기어를 파킹에 놓고 조심스레 운전석 문을 열다가 질겁해서 도로 문을 닫았다. 앞바퀴는 거의 갈대숲 끝자락에 걸려 있어서 운전석 문을 여니 발밑에는 물이 출렁거렸다. 우선 사이드 브레이크를 단단히 채우고 조심조심 뒷좌석으로 옮겨 갔다. 그가 몸을 움직일 때마다 차가 건들건들 흔들렸다. 곧 미끄러져 물속으로 굴러내려 갈 것처럼 불안한 상태였다. 등에 진땀이 솟았다. 간신히 뒷좌석으로 옮겨 앉은 다음 뒷문을 열고 밖으로 나왔다. 약간 경사진 길에서 자동차는 간신히 두 바퀴로 몸을 지탱하고 있었다. 자동차 밑을 들여다보았다. 수건을 흔들던 노파는 어디에도 없었다. 그는 담배 한 대를 피워 물었다. 그 노파가 어디에서 튀어나왔을까 하고 주변을 둘러보았지만 사람이 다니는 길도 아니었고 차 앞을 막아설 만큼 여유분의 땅도 없었다. 노파가 손을 흔들던 거리를 측정해 보자면 그곳은 호수였다. 물속에서 사람이 솟아오르지 않는 한 그의 차 앞에 사람이 나타날 수 없는 곳이었다.

그는 그때 알았다. 흰 수건을 흔들며 차를 막아서던 노파가 바로 어머니의 환영이었다는 것을. 자식을 생각하는 어머니의 간곡

한 기도가 그곳까지 뻗쳐 자식을 살린 것이다. 그는 자신의 무책임한 행동을 뉘우쳤다. 마음을 돌려 먹고 견인차를 불러 자신의 차를 끌어냈다. 끝이라 작별하고 돌아섰던 서울로 그는 다시 돌아왔다. 그날 그는 집 가까이 오자 심한 허기를 느꼈고 국밥 한 그릇을 먹으려고 욕쟁이 할머니 집에 들렀다. 어쩌면 배가 고프기보다 다시는 못 먹어 볼 줄 알았던 밥 한 그릇에 감회가 더 새로웠는지 모를 일이었다.

"이봐 안 사장. 그 많은 직원들 밥 먹여 살리느라고 괜히 애쓰지 말고 돈도 안 되는 공장 때려치우는 게 어때? 회사 치우고 편안하게 나 좀 도와 줘."

할머니가 국밥 한 그릇을 손수 들고 와 안 사장 앞에 놓으며 느닷없이 그런 말을 내뱉었다. 섬유 계통의 안 사장 거래처 관계자 외에는 아직 아무도 그의 회사가 망했다는 것을 아는 사람은 없는 상태였다. 그는 너무 놀라 밥숟가락을 떨어뜨렸다.

"예?"

"이 사람이 왜 이렇게 놀라? 얼굴 꼴을 보니 피죽 한 그릇도 못 먹고 다닌다고 쓰여 있어서 하는 말이야. 아들놈더러 가게 지키라고 하려면 나가서 장 봐 오랄 수 없잖아. 식자재 납품 좀 해줘."

"아니, 할머니 왜 오늘 갑자기 그 말씀을 하시는지요?"

"갑자기가 아니라 요 며칠 안 사장을 기다렸지. 나타나면 부탁하려고 별렀는데 오늘에야 얼굴 보여 주니까 지금 말할밖에. 어때, 해줄 거지?"

할머니는 다그쳤다.

"글쎄요 저도 생각 좀 해보고……."

"생각은 무슨 생각? 이 자리서 결정해. 그래야 나도 오늘 아들이랑 해결 볼 테니까. 안 사장이 못해준다고 하면 내일이라도 딴 사람 구해야 한다고. 하루가 바빠."

안 사장은 좋은 기회를 놓칠 수 없다는 생각에 그러겠노라 대답하고 말았다.

안 사장의 이야기는 마무리 단계였다. 그가 풀리지 않는 미스터리가 있다며 용만을 보았다.

"분명 뭔가를 알고 계셨던 것 같아요."

"그게 궁금하세요?"

듣고만 있던 용만 씨가 안 사장을 보며 빙긋이 웃었다.

"뭐 알고 있는 게 있지요? 절대로 우연히 그렇게 된 건 아니었어. 어떻게 된 겁니까?"

안 사장은 못내 궁금했던 숙제라도 풀려는 듯 용만 씨의 답변을 기다렸다.

"그날 오후 무렵 안 사장님 자당께서 노점 단속반에게 당하는 모습을 우리 어머니가 외출에서 돌아오시다가 보셨던 모양입니다. 자당님 자존심 때문에 아는 척 하지는 못하고 그냥 왔다고 하시더군요. 절더러 어떻게 된 영문인지 알아보라고 해서 제가 회사에 알아본 겁니다. 오후 내내 안 사장님을 기다리는 눈치였습니다."

"그럼 그렇지. 그랬었군요. 난 그것도 모르고…… 정말 그날을 생각하면 아찔해집니다. 제가 얼마나 경솔하고 무모한 짓을 할 뻔했는지 말입니다."

밤늦게 욕쟁이 할머니 집에서 밥 한 그릇을 먹고 집으로 돌아오니 그때까지 허리를 다친 어머니가 장독대에 물을 떠놓고 아들을 위해 빌고 있는 중이었다. 아내에게 언제부터 저러고 계시느냐고 물었다.

"당신이 자동차 열쇠를 쥐고 미친 듯이 집 밖으로 달려 나가고부터 내내 저러고 계시는 거예요. 그때부터 물 한 모금도 안 드셨어요. 허리에 군데군데 파스를 붙이시고도 몇 시간째 저러고 계시니…… 당신이 좀 모시고 들어오세요."

어머니 목에는 하얀 명주 수건이 걸려 있었다. 머리끝이 쭈뼛섰다. 그의 차 앞을 막아서던 노파의 환영이 결코 환영이 아니었음을 그는 확인했다.

"저의 어머니는 새벽이고 밤이고 자식을 위해 빌고 또 빌었습니다. 절에 가면 부처님께 빌고 산에 가면 산신께 빌었지요. 한 때는 친구 분들과 교회를 다니기도 했는데 그땐 매일 새벽 기도를 다니셨습니다. 부엌에 가면 조왕에 빌고 마당에 나가면 장독대에 가서 빌었어요. 아버지는 만날 미신에 미쳐 산다고 어머니를 구박하기도 했지만 어머니의 기도는 멈춘 적이 없었습니다. 아마도 어머니의 손바닥이 일반 가죽이었다면 다 닳고 없어졌을 겁니다."

안 사장은 어머니의 간절한 기도가 하늘에 닿았을 거라고 믿었다.

"저는 식당 뿐 아니라 할머니가 운영하시는 복지관과 보호소에도 양심 바른 식자재를 납품하라는 유언을 받았습니다. 저를 다시 살게 해 주신 어머니와 할머니의 명예를 걸고 양심적인 먹거리를 챙기며 살 것입니다."

안 사장은 할 말을 마치고 언제 그처럼 열정적인 말을 했냐는 듯 또 조는 듯 마는 듯 눈을 감았다. 사람들은 방금 긴 이야기를 끝낸 사람이 바로 그 사람이라는 사실이 믿기지 않았다. 그야말로 누군가의 환영을 본 것이 아닌가 싶었다.

제6장

어떤 상황에서도

어머니를 무시하거나 비난하지말고 공손히 섬기라

"**저**는 이제 엄니를 집에서 모실 수 있게 됐슈."

느닷없이 박씨가 느린 충청도 말씨로 좌중을 사로잡았다. 밑도 끝도 없이 그 말부터 시작해 놓고 자신도 좀 민망스러운지 멋쩍게 머리를 긁었다. 그의 순박함에 일동은 입가에 웃음을 물었다.

"왜 다 아시잖유. 지가 엄니를 제 트럭 운전석 뒷자리에 모시고 일 다니는 거 말유."

박씨의 사정은 동네에서 뿐 아니라 물류 운송을 하는 트럭 운전사들 사이에서도 다 아는 사실이었다.

"그거야 우리가 다 아는 일이지. 자네 어머니가 치매라는 것도 알고."

"그러니 하는 말이지유."

그는 어머니가 살게 됐다고 감격해 하며 그간의 속사정을 말하기 시작했다.

박씨는 물류 회사에서 송장을 받아 지방에서 물건을 싣고 밤새 고속도로를 달리는 운전이 직업이었다. 새벽녘에 창고에 입고시키는 일을 하는 홀아비 트럭운전사다. 그의 어머니는 중증의 치매 노인이었다. 치매에 걸린 어머니를 집에 두고 일을 나갔다가 여러 차례 곤욕을 치렀다. 잠가 놓은 문을 따고 집을 나가 어머니를 잃어버린 일도 여러 번이었다. 가스 불을 켜놓아 집에 불이 날 뻔 했던 적도 있었다. 그때마다 정신 나간 사람처럼 일을 작파하고 어머니를 찾아 헤매곤 했었다.

"도저히 이래 가지고는 일을 할 수가 없으니 어쩌면 좋대유. 엄니, 어떻혀유?"

박씨는 어머니를 붙들고 하소연을 해보기도 했지만 눈만 껌벅거리며 아들을 바라볼 뿐 답을 찾을 수는 없었다. 몇 번 그런 일을 겪고 난 후 궁리 끝에 그는 어머니를 트럭에 태우고 일을 나섰다. 대형 트럭에는 운전석 바로 뒷자리에 운전수가 잠깐씩 쉴 수 있도록 만들어진 여유 공간이 있는데 그곳에 어머니 자리를 마련한 것이었다. 푹신한 스티로폼 위에 담요를 깔고 이불과 베개, 그리고 간식거리까지 준비하여 어머니를 모셨다. 혹 운전석으로 넘어와 다치거나 사고가 날 것을 염려해 자바라 안전 창을 설치했다.

"엄니, 주무셔?"

당장 눈앞에 어머니를 모시고 다니니 그나마 마음이야 편해졌지만 막상 나이 많은 노인을 달리는 트럭에 태우고 다닌다는 일도 예삿일이 아니었다. 밤에 고속도로 장거리를 뛰면서 운전에만 집중할 수 없다는 것도 문제점이었다. 뒷좌석의 어머니가 여간 신경쓰이지 않았다. 부스럭거리던 어머니가 조용해지면 갑자기 불안해진다. 그러나 달리는 고속도로에서 차를 세울 수도 없는 일이었다. 시선은 앞에 고정 시킨 채 어머니와 대화를 나누려고 소리를 질러보았다. 대답이 없으면 몇 번이고 '엄니, 엄니.' 불러본다.

"에이, 시끄러. 잠도 못 자게 왜 그렇게 불러대고 지랄이야?"

짜증나는 말투로 대답을 해 오면 그나마 안심이다.

"알았시유. 그럼 좀 주무셔유."

박씨는 어머니가 잠드신 동안은 편안하게 운전을 할 수 있었다.

"배고파. 밥 줘. 밥 달라니까."

어떤 때는 자바라 안전 창을 마구 두드려대며 밥 달라고 아우성을 치는 때도 많았다.

"좀 전에 드셨는데 무언 배가 또 고프대유? 좀 기달려유."

그럴 때는 못 들은 척 하는 것이 상책인데 차마 그럴 수는 없었다. 밥 달라고 조르다 지치면 다른 방법으로 아들을 괴롭혔다.

"오줌 매려. 똥 매려. 내려 줘."

"거기 요강단지 있잖유. 거기다 혀유. 무슨 일이 있어도 새벽 다섯 시까지는 창고에 물건 도착시켜야 한단 말유."

어머니가 듣든 말든 그는 열심히 이야기를 하며 운전을 했다. 몇 번이라도 트럭에서 내려 어머니를 쉬게 해 드리고 싶었지만 제한된 시간 안에 도착해야 하는 운송이라 어머니의 간절한 요구에도 강행군을 해야만 했다. 화물차 휴게소에 한 번씩 쉴 때마다 족히 30분은 소요되었다. 잠깐 트럭에서 어머니를 내려 운동을 시키고 간식 먹이고 어질러진 용변을 수습하고 물수건으로 손발을 닦아 드리면 좋아서 손뼉을 쳤다. 모자라는 잠이 더욱 모자랐다. 고단하면 휴게소에서 잠깐씩 토끼잠이라도 자야 하는데 어머니를 태우고 다니면서는 그럴 시간적, 정신적 여유가 주어지지 않았다.

"자, 잘 놀았으니 또 가 봐야 쥬."

도로 트럭에 태울라치면 어머니는 달아나면서 차에 오르기를 거부했다. 젊은이도 힘든 장거리 자동차 여행이 노인에게는 얼마나 힘이 들 것인가. 그것을 모르지 않는 박씨는 이번에 올라가면 다른 일을 찾아보리라 마음먹는다. 매번 다른 일거리를 찾아보지만 그만한 수입을 보장해 주는 일거리가 그리 쉽지 않아 여태 그 고생을 하던 터였다.

"어머니를 돌보아 줄 다른 형제는 없어요?"

이웃에서도 보기가 딱했는지 그렇게 묻는 이들도 있었다.

"예. 저 혼자예요."

그는 늘 그렇게 대답했다. 어머니는 오로지 나 하나만을 낳았노라고. 그런 박씨가 그동안 자기가 했던 말이 거짓이었다고 말해 사람들을 놀라게 했다.

"저는 칠남매 중 넷째 아들이구먼유. 제 위로 세 명의 형님들이 계시구유 밑으로도 세 명의 동생들이 더 있지유."

"세상에…… 그렇게 많은 형제가 있었군요. 다 어머니가 낳은 친 자식들이란 말입니까?"

용만 씨가 물었다.

"그럼유. 다 어머니 배 아파 낳은 자식들 맞아유."

"그런데 왜 박씨 혼자 그 고생을 하는 겁니까? 박씨 고생은 그렇다 치고 노인이 이틀 걸러 한 번씩 트럭을 타고 그 먼 장거리 여행을 하는 게 얼마나 고단한 일인데…… 딴 형제들은 다 외국에라도 갔나요?"

김 선생이 딱하다는 듯 거들었다.

"다 그럴만한 사정이 있구먼유. 차마 말 못하고 살아온 제 심정은 어떻것슈. 딴 사람들에게는 말 못혀두 할머님께는 했구먼유."

어느 날 욕쟁이 할머니가 박씨를 불렀다. 아무리 봐도 사정이 딱했는지 다른 방법이 없느냐고 물었다. 노인을 더 이상 트럭에 태우고 다니다가는 제 명대로 살지도 못할 거라고 했다.

"대한민국에 어머니 한 분 맡아줄 곳이 없어? 정말 아무데도 어머니를 맡길 곳이 없는 거냐고. 도대체 세상살이를 어떻게 해 온 거야?"

"사실은……."

박씨는 욕쟁이 할머니에게만은 거짓말을 할 수가 없었다. 그는 평생 숨기고 살았던 자신의 비밀을 할머니에게 다 털어 놓았다고 한다.

"무슨 사연인데 그래요? 이 마당에 우리끼리 못 할 말이 어디 있수."

정막달 씨가 차마 말을 꺼내지 못하고 머뭇거리는 박씨가 입을 열도록 독려했다.

"어머니가 돌아가실 때까지는 말을 안 하는 것이 옳지 싶어서 그러쥬. 허지만 이 말을 안 하면 할머니가 왜 나한테 목욕탕 경영권을 주셨는지 설명이 안 될기유."

"목욕탕 경영권을 주셨어요?"

말없던 안 사장이 박씨를 돌아본다. 용만 씨도 그를 본다. 트럭 운전사와 목욕탕 운영은 별로 어울리지 않는 느낌이다.

"예. 더 이상 어머니를 트럭에 모시고 다니지 말라구유. 지가 실은 형제들과 인연을 끊은 지 오래 됐시유. 정말 혼자나 다름없 다니깐유. 사연이 길어유."

예쁘장한 박씨의 어머니는 젊어서부터 종로에서 아담한 한식당을 경영해 왔다. 제법 번듯한 식당이었다. 그럴싸한 직장인들이 단골손님으로 많이 드나들었다.

처음에 식당을 자주 찾던 단골손님 중 제법 돈 씀씀이도 좋고 인품이 좋아 보이던 사업가 최씨와 사랑에 빠져 종로에서 살림을 차렸다. 아이 둘을 낳았다. 돈도 잘 대주고 손님도 많이 끌어다주는 맛에 결혼식도 올리지 않은 채 삼 년을 살았다. 사는 동안 아무런 문제도 없어 보였다. 가끔 사업차 출장을 떠나는 일 이외에는 가정생활에 착실한 남자였다. 자식 낳고 산 지 삼년 만에 최씨는 사업처를 고향으로 옮긴다고 했다. 당연히 박씨의 어머니는 식당을 접고 최씨를 따라 가겠다고 했다. 최씨는 사업이 자리 잡힌 다음에 데려 가겠다며 먼저 그의 고향인 강릉으로 내려갔다. 몇 개월이 지나도 내려오라는 말이 없었다. 어머니는 식당을 딴 사람에게 넘기고 짐을 쌌다. 남편 그늘에 들어앉아 아이들 키우며 소도시에서 조용히 살아볼 생각이었다. 짐 보따리를 머리에 인 채 두 아이의 손을 잡고 최씨네 본가에 들이 닥쳤다. 가보니 그는 이미 시골 고향에 본부인과 아이들이 있는 유부남이었다. 물설고 낯 설은 강릉에서 박씨의 어머니는 주저앉았다. 최씨에게 속았다는 것을 알았지만 이미 엎질러진 물이었다. 시부모, 시누이, 시동생들도 난감한 사태에 어찌할 바를 몰랐다. 집안 식구들은 대책 회의를 열고 일을 수습하기 위해 고심했다. 최씨는 어디로 잠적했는지 코배기도 내밀지 않았다.

"이미 자식까지 낳고 살았다니 어쩌겠느냐. 네가 업보다 생각하고 받아들여라."

달리 방법이 없었다. 시부모님은 본부인을 달래고 설득시켰다. 그들이 대책을 마련하는 동안 아이들은 여행이 고단했는지 어머니 무릎을 베고 잠들어 있었다. 갑자기 대가족 속에 한 식구가 된 어머니의 고달픈 시집살이가 시작되었다. 어머니는 그때부터 '첩'이라는 주홍글씨를 가슴에 달았다.

당연한 일이지만 본부인의 구박이 말로 다 할 수 없었다. 종업원을 부리며 곱게 식당이나 경영하던 어머니에게는 살림살이 자체가 식당의 허드렛일이나 마찬가지였다.

"이 중노동을 하느니 차라리 내 손으로 벌어서 먹고 사는 것이 마음 편하겠어. 일은 일대로 하고 눈치는 눈치대로 보고 이게 사람 할 짓이야?"

본부인 눈치를 살피고 나서야 도둑고양이 기어들 듯 첩실에 찾아들던 남편을 상대로 분풀이도 해 보았다. 여염 집 아낙네 같았으면 그냥 그렇게 살았을지 모르지만 이미 장사 경험이 있는 어머니는 그 집을 나올 결심을 했다. 결국 어머니는 젖먹이 막내만을 데리고 최씨네서 도망을 쳤다. 그녀는 장사 터전인 서울로 돌아왔다. 그녀는 다시 시장 바닥에서 허술한 식당을 시작했다. 거기서 은행에 다니는 인텔리 강씨와 또 정이 들고 그 남자의 아이를 하나 낳았다. 그들의 관계 역시 오래 지속되지 못하고 끝났다. 아이가 없었던 강씨는 자기 자식을 싸안고 가 버렸다. 강씨와 헤어지고 박가 성을 가진 남자를 만나 지금의 박씨를 낳았다. 여태까지의 핸섬한 남자들과는 달리 구수한 충청도 양반에다 말없이 믿음직한 외모가 어머니의 마음을 사로잡았다. 그의 단단한 팔뚝과 손재주에 정신을 빼앗겼다. 나무 판때기와 못, 그리고 망치를 잡으면 도깨비 방망이처럼 뚝딱 개집 하나가 완성되었다. 공사판에 십장이던 박씨의 아버지는 일거리 맡아 주저앉는 곳이 고향이라 했다. 서울에서 맡았던 공사가 끝이 나자 그는 미련 없이 서울을 떠나 공사가 있는 다른 지역으로 옮겨갔다.

그녀에게서 낳은 아이들은 전부 남자들이 데려갔다. 남자들은 바람기 있는 여자에게서 자기 자식을 키우고 싶지는 않았던 모양이었다. 아이를 빼앗긴 허전함을 달래기 위해 그랬는지 어머니는 계속해 새로운 남자들을 만났다. 그들과 살림을 차리거나 동거 생활을 하며 각각 다른 성을 가진 아이 셋을 더 낳았다. 결국 어머니는 최씨 아이가 둘, 성이 각각 다른 다섯 아이까지 전부 일곱을 낳은 것이다. 무슨 조화인지 아이들은 생모 품을 떠나 본부인과 아버지 손에서 다들 잘 자랐다. 최씨에게서 난 아이들은 은행 지점장, 건설회사 사장이 되었다. 강씨 자손은 경찰 계통에서 고위 간부직을 지낼 정도로 성공했다. 박씨는 충청도가 고향인 아버지 품에 안겨 충청도 본부인 손에서 자라났다. 구박을 받다가 가출하여 공부는 끝까지 못했지만 해외 노동자로 나가 돈을 제법 모았었다. 조씨네 딸은 대학 교수가 되고, 하씨네 아들은 사업가, 진씨네 딸은 피아니스트가 되었다. 어머니 인물이 워낙 고왔던 데다가 모두 머리 좋고 멀끔한 남자들과 연분을 맺은 덕인지 아이들 인물이 하나같이 괜찮았다. 머리들도 좋아서 박씨만 빼고는 다 괜찮은 대학을 졸업했다. 다들 결혼하고 아버지의 본부인에게서 벗어나자 생모에게 연락을 취해 왔다. 어머니를 중심으로 자연스레 각각 성이 다른 형제들이 만나게 되었다. 그들은 당사자들끼리는 가끔씩 어머니 때문에 만나면서도 자기 가족에게는 일체 어머니의 존재와 다른 형제들의 존재를 알리지 않았다. 아내에게도 아이들에게도. 아이들이 만나면 형제, 남매들의 호칭이 삼촌이나 고모가 될 테지만 전부 성이 다른 이상한 가족사가 드러나야 하는 것이 부끄러웠던 것이다. 그렇다고 남남인 척 하고 만날 수도 없는 일이었다. 그런 미묘한 가족 관계를 유지하던 중 제일 맏이인 은행 지점장 최씨가 나머지 형제들을 한 자리에 불러 모아 회의를 열었다.

"우리가 한 어머니 배속에서 열 달씩 자라 태어난 것은 숨길 수 없는 사실이다. 그렇지만 우리 관계를 지속하다 보면 아이들이나 아내나 남편에게 우리 어머니의 남자관계를 다 털어놓아야 한다. 부끄러운 과거가 드러나게 되는 것이다. 별로 바람직한 일이 아니다. 그러니 다들 각자 자기 인생에 충실하기 위해서라도 우리 서로 만나지 말고 사는 것이 어떻겠니?"

그 말에 모두들 동의했다. 자신들의 사회적인 위치나 명예에도 도움이 되지 않는다는 것을 알았다. 그날 그들은 이별주를 진탕 마시고 헤어졌다. '씨 다른 형제들의 절연 파티'라고 해야 할지 알 수 없는 이별 파티였다. 그 이후 그들은 바라던 대로 서로 모르는 사람으로 살아가고 있다는 것이었다.

"그런데 저는 그럴 수가 없었시유. 아버지도 돌아가시고 절 키워 주신 큰어머니도 돌아가셨시유. 두바이라는 사막에 해외 건설 노동자로 나가 죽자고 돈을 벌어 마누라한테 붙였지유. 돈 좀 모였겠다 싶어 삼년 만에 한국에 돌아왔더니 여편네는 바람나서 돈 다 털어먹고 집까지 잽혀 먹은 알거지였슈."

박씨는 분통이 터져 아내더러 돈을 찾아오라고, 사기꾼을 잡아오라고 족쳤다. 핸드폰도 추적하고 외출할 때 미행도 해 보았지만 그가 일자리 알아보러 다니는 사이 어디론가 잠적해 버렸다. 박씨는 당장 입에 풀칠을 하기 위해 택시 운전사로 취직을 했다. 입사한 달 만에 밤길 건널목에서 급히 길 건너던 남자를 치었다. 유족 측과 합의가 이루어지지 않아 감옥에 들어앉게 되었다. 택시 회사에서는 유족이 원하는 만큼의 합의금을 내놓을 수 없다고 버텼다. 애타는 박씨의 가족이 없으니 택시 회사를 찾아가 독촉하는 이도 없었다. 어쩌다 따지러 오는 유족 측 법정 대리인 외에는 아무도 면회 오는 사람이 없었다. 한심한 자신의 신세를 한탄하며 나날을 보냈다. 그러던 어느 날 '2008번 면회' 하고 박씨를 불렀다. 또 합의금 문제로 사고 당한 유족의 변호사가 면회를 신청했겠지 하고 무심하게 면회 창구로 나갔다. 의외로 접견 창구에는 곱다란 노파가 초조한 모습으로 그를 기다리고 있었다.

"네가 박정훈씨 아들 박우석이냐?"

노파가 눈물을 글썽거렸다. 그 말을 하며 눈가를 적시는 노파의 눈물을 보는 순간 박씨는 어머니임을 알았다.

"내가 누군지 알겠느냐?"

노파의 얼굴은 주름진 골을 타고 흘러내린 눈물로 온통 젖어 있었다. 더러는 주름을 타고 흘러내렸다. 키워주신 어머니 말에 의하면 '늙으면 눈물샘도 말라서 울어도 눈물이 나지 않는다.'고 했는데 노파의 눈에서는 쉴 새 없이 눈물이 솟아올랐다.

"엄마? 엄마가 맞지유?"

왜 그 순간 다 큰 남자가 '어머니'도 아닌 '엄마'라는 단어가 튀어나왔는지 자신도 알 수 없는 일이었다.

"그래. 내가 엄마다."

그 말은 말이 아니라 울음이었다. 박씨도 참고 참았던 울음을 터뜨렸다. 두 사람의 첫 면회는 우느라고 시간을 다 잡아먹었다.

"우석아, 울지 마라. 괜찮다. 이제 괜찮아. 이 엄마가 널 빼내줄게. 밥 잘 먹고 몸 성하게 기다려. 또 오마."

어머니는 하루도 거르지 않고 매일 아들을 면회하러 왔다. 사식도 넣어주고 스님들의 명상록도 넣어주며 정성을 쏟았다. 두 사람의 얼굴에는 예전과 달리 화색이 돌았다. 어머니는 택시 회사와 유족들 사이를 발바닥이 닳도록 오가며 합의를 이루어냈다. 약속대로 늙은 어머니는 아들을 교도소에서 출소시켰다. 교도소 정문 앞에 두부를 들고 서 있던 어머니의 손을 잡는 순간 박씨는 이제 어머니를 위해 죽어도 좋다는 감격에 휩싸였다.

"됐다. 이젠 됐어. 내 아들이 나왔어."

어머니는 아들의 널찍한 등을 쓰다듬고 어루만졌다. 아들의 입에 두부를 물려주는 어머니의 가시 같은 손이 부드럽게만 느껴졌다. 가장 힘들고 외로울 때 오로지 한 사람 그를 찾아준 어머니였다. 안 그래도 낳아 준 어머니가 그리웠던 그에게 어머니는 구세주 같은 존재였다.

수시로 드나들던 자식들이 발길을 끊자 어머니는 무슨 영문인지 몰라 자식들을 수소문하던 차에 박씨의 소식을 들었다는 것이었다. 두 사람 모두 너무나 행복한 마음으로 새로운 삶을 시작했다. 오붓한 어머니와의 새 살림이 시작된 지 오래지 않아 어머니는 점점 어린애처럼 주문이 많아지고 어리광이 늘어갔다.

"참, 엄니도. 우리 엄니 점점 응석만 늘어가니 어쩐대유. 알았시유. 그깟 것 해드리지 뭐."

박씨는 어머니가 행복한 나머지 그동안 못해 봤던 투정을 부려 보는 거라고만 믿었다. 그것이 치매 초기인 줄은 꿈에도 몰랐던 것이다.

"수시로 드나들던 자식들이 하루아침에 발길을 딱 끊고 돌아서 자 어머니는 충격을 받았던 거였지유. 그런데다 지는 감옥에 들앉아 있었지유. 어린애처럼 어리광이 늘길래 좋아서 그러는 줄 알았지유. 병인 줄 몰랐시유. 자신이 살아온 인생을 다 잊고 싶었던 모양이지유."

　박씨는 외로웠던 어머니가 의지할 곳이 생기자 긴장의 끈을 놓은 것 같다고 설명했다.

　"딴 형제들한테는 어머니의 치매 사실을 알리지 않았나요?"

　"알릴 필요가 있남유? 다들 끝난 사인데. 어차피 어머니도 그 사람들 봐야 알아보지도 못할 텐데 굳이 알릴 필요 없지유. 괜히 그 사람들 마음만 불편하게 만들 필요가 뭐가 있겠슈. 고생하는 사람이나 고생하면 딴 사람들은 편하게 살 것 아니겠슈."

　형들과 동생들을 위해 그냥 그렇게 살겠다고 했다.

　"어쨌거나 제 어머닌데 제가 모시는 건 당연하구유. 잘 난 자식들을 일곱이나 낳았는데 해필 기중 못난 놈이 어머니를 독차지해 가지고 그 고생을 시켜 미안허지유. 우리 엄니 죄라면 사람 좋아하고 사람 믿은 죄밖에 없구먼유. 자식 쑥쑥 잘 낳은 것도 죈감유?"

　그 말에 사람들은 웃음을 참았다.

　"저는 자세한 내용은 알지 못했습니다만 어머니는 박씨의 심성이 착해서 도와주고 싶다고 자주 말씀하셨습니다. 무엇보다 팔십 가까운 노모를 트럭에 태우고 일 다니는 것을 제일 안타까워 하셨어요. 저러다 고속도로에서 모친상 당하겠다고 염려도 하셨고요. 어머니를 끔찍하게 사랑하는 마음에 감동을 받으셨던 것 같습니다."

용만 씨가 자초지종을 설명하자 사람들이 박씨를 다시 한 번 보았다. 오늘따라 그의 구수한 충청도 사투리가 오히려 믿음직스럽게 느껴졌다.

"이제 할머니 유언대로 트럭 팔아 치우고 따뜻한 목욕탕 내실에 엄니를 모실거구먼유. 자주 씻겨 드리기도 좋고 맛있는 간식 챙겨 먹일 수 있어서 정말 행복한 마음이 들어유. 저를 못 알아보면 어때유. 그래도 내 어머닌 걸유. 형들과 동생들은 어머니의 남자관계를 비난하고 부끄러워 해유. 근데 전 좀 달라유. 따지자면 어머니를 무책임하게 좋아한 남자들이 더 나쁘지유. 저는 어머니가 대단한 여자라는 생각이 들어유. 일곱 자식을 낳아 놓고도 그 남자들과 자식들에게 아무 것도 바라지 않으셨잖아유. 더군다나 저렇게 깡그리 다 잊어버릴 수 있다는 게 신기하지 않아유?"

듣고 보니 박씨의 어머니는 행복한 여자인 것 같다고 모두들 입을 모았다. 보통 어머니들은 자식 때문에 고민하고 자식에게 거는 기대와 보답에 연연해 많은 갈등을 빚는다. 다른 어머니보다 얼마나 자유롭고 편안한 말년을 보내고 있느냐고 박씨는 강조했다.

"할머니 덕에 우리 엄니가 더 편한 말년을 보내게 됐으니 저는 무엇으로 그 은혜를 다 갚아야 할지 모르겠슈. 엄니 같은 사람들 돌보는 일이라도 할까 싶네유."

원래도 박씨의 편안하고 따뜻하던 얼굴이 더욱 편안해 보이고 발그스레 상기된 모습이 소년처럼 순박하게 느껴졌다.

제7장

절대로 어머니를 다른 어머니와 비교하지말고
있는 그대로의 어머니를 공경하라

"자 네, 할 말이 있는 눈친데 해 봐. 가출했다가 며칠 전에 돌아왔잖아. 무슨 일이야?"

용만 씨가 작년에 대학입시에 실패하고 재도전에 돌입한 이승호에게 바통을 넘겼다. 아까부터 뭔가 할 말이 있는 표정이 역력했다. 어른들 틈에 차마 끼어들지 못해 기회를 엿보고 있는 것 같았다.

"그래. 어린 사람도 할 말이야 있지. 해 봐."

삼십대 후반의 신세대 젊은 엄마가 승호를 부추겼다. 자신도 젊다는 이유로 여태 말 한마디 못하고 있는 속을 은근히 내 비추는 말처럼 들렸다.

"저는 최근 어머니 한 분이 더 생겼어요. 갑자기 나타난 어머니의 존재가 저에게는 받아들이기 힘들었어요. 그렇다고 무작정 반

발만 할 수도 없고요. 사실을 인정하자니 시간이 필요했어요. 가출한 게 아니라 생각을 좀 정리하려고 여행을 다녀온 거예요."

가볍게 넘기려고 애쓰고 있었지만 고민한 흔적이 역력했다.

"여행을 갔는데 어머니가 실종신고를 해야 되나 말아야 되나 하면서 걱정을 하셔?"

용만 씨가 눈을 흘겼다.

"말을 안 하고 가서 그랬던 거죠."

승호가 자신에게 쏟아지는 시선이 부담스러운지 겸연쩍은 표정을 감추지 못했다.

"어머니 한 분이 더 생기다니?"

정막달씨와 젊은 엄마가 흥미진진한 얼굴로 승호를 보았다.

"핑계 같지만 제가 작년에 대학입시에 실패한 것도 어찌 보면 그 문제로 집안이 어수선한 탓도 있었다고요. 어머니가 딴 데 신경 쓰느라고 저에게 신경을 안 써 줬거든요."

"아이, 답답해. 무슨 말인지 어서 시원하게 털어 놔 봐."

"예."

이년 전쯤에 어떤 고상한 부인이 승호엄마를 찾아왔다. 승호가 문을 열어주었는데 그 부인은 승호를 찬찬히 아래위로 훑어보는가 하면 민망스러울 만큼 빤히 얼굴을 쳐다보았다. 그 눈빛이 예사롭지 않았다.

"어머니 계시지?"

"잠시 만요. 엄마, 손님 오셨어요."

"누구신데?"

승호엄마는 생면부지의 부인을 영문도 모르는 채 현관에서 맞이했다.

"누구신지요?"

"좀 긴히 드릴 말씀이 있어서요. 둘이 이야기 했으면 좋겠는데요."

"무슨 일이신데요?"

승호엄마는 부인의 차림새나 행동거지가 점잖은 것에 안심하고 부인을 안방으로 모셨다. 한참 동안 두 사람은 조용히 이야기를 나누는가 싶더니 어느 순간 승호엄마의 격앙된 목소리가 흘러나왔다. 승호는 마침 외출 준비를 마친 상태라 예정대로 외출해 버렸다. 승호는 그로부터 일 년쯤은 그 부인에 대해 까맣게 잊고 지냈다. 언제부턴가 승호엄마는 부쩍 말 수가 줄고 음식 만드는 것이 취미였던 취미 생활도 거의 하지 않는 등 고민이 있는 눈치였다. 아버지도 '어디 아프냐?' '고민이 있느냐?'며 심상찮은 승호엄마 표정에 촉각을 곤두세웠다. 그때마다 그녀는 이 핑계 저 핑계를 둘러대며 남편과 아들의 관심에서 벗어났다.

"봄을 타나 봐요. 신경 쓰지 말아요. 조금 지나면 괜찮아질 거예요."

승호엄마는 거실에 있는 식구들과의 자리를 피해 안방에 혼자 있는 시간이 많아졌다. 가끔 전화를 받고 급히 외출하는 일도 잦아졌다. 일부러 전화를 받지 않고 피하는 일도 허다했다.

　"아빠, 엄마가 좀 수상해요. 혹 이상한 사기단에 걸린 게 아닌지 좀 알아보세요."

　승호는 아버지보다 좀 더 많은 시간을 어머니와 보내는 탓에 아버지보다는 어머니의 수상한 행동을 빨리 알아차렸다. 보기에도 최근 야위고 수척해진 모습이 완연했다.

　"그래? 좀 이상하긴 해. 통 잠도 깊이 못 드는 눈치야. 밤새 뒤척거려서 나까지 잠을 설치거든. 낮에도 예전과 다른 기미가 보이냐?"

　"예. 전화 받고 갑자기 평상복 차림으로 뛰쳐나가는 일도 있고요. 핸드폰 벨이 울려도 일부러 받지 않는 적도 많아요."

　"무슨 일이지? 곗돈이라도 떼였나?"

　아버지와 아들은 가능성이 있는 별별 추측을 다 해 보았다. 다단계 사기단 같은 곳에 돈을 뜯긴 것이 아닌가 하는 짐작도 제외시키지 않았다. 그렇다고 춤을 추러 다닌다든지 평소 외출이 잦았으면 제비족에게 걸려 혼자 속을 태우고 있는 게 아닐까 의심할 수도 있겠지만 승호엄마는 그런 쪽에는 전혀 취미가 없는 여자였다. 두 사람이 승호 어머니를 눈여겨보던 어느 날 예전에 그 부인이 또 다시 나타나 아파트 초인종을 눌렀다.

"엄마, 그때 찾아왔던 그 아주머닌데요."

화상 인터폰을 본 승호가 어머니에게 문을 열어줄 것이지를 물었다. 승호엄마의 표정이 굳어지고 당황한 기색이 역력했다.

"아니야. 내가 열어줄 테니까 넌 네 방에 들어가."

승호엄마는 허둥거리며 황급히 승호를 방으로 몰아넣었다. 승호는 어머니를 살펴보기로 아버지와 약속을 한 터라 방에 들어가서도 바깥 동정을 살폈다.

"난 더 할 말 없다는데 왜 집까지 찾아오는 거예요? 댁한테 이렇게 시달릴 이유가 없다고요. 자꾸 이러시면 경찰에 신고하겠어요."

승호는 단 한 번도 어머니가 그렇게까지 화를 내는 모습을 본 적이 없었다. 아버지와 크게 한 판 싸울 때도 억울하다고 몇 마디 하다가는 먼저 울어버리는 게 고작인 어머니였다.

"당당하다면 제가 하자는 대로 해 주시면 될 게 아니냐고요."

고상해 보이던 부인도 승호엄마에게 지지 않고 덤볐다.

"댁과 말하기 싫어요. 돌아가세요."

승호엄마가 아파트 현관문을 쾅 닫는 소리가 났다. 곧이어 초인종이 쉴 새 없이 울리고 또 울렸다. 보다 못해 승호가 나섰다.

"무슨 일이예요? 엄마 혹시 저 여자한테 빚졌어요?"

"그런 거 아니야. 빚은 무슨 빚?"

"그런데 저 아주머니가 왜 자꾸 엄마를 찾아와서 괴롭히는 건데요?"

"저 여자가 뭘 좀 오해해서 그런 거야. 신경 쓰지 마. 엄마가 알아서 할께."

승호엄마는 하는 수 없이 겉옷을 걸치고 여자와 함께 현관 앞에서 사라졌다. 승호는 거실 창을 통해 두 여자가 아파트 쉼터로 걸어가는 모습을 지켜보았다. 그녀들은 놀이터 벤치에 앉아 오랫동안 이야기를 나누었다. 집을 찾아온 부인이 어머니에게 무엇인가를 요구하는 눈치였고 어머니는 그 요구를 들어주지 않으려는 분위기였다. 어떤 식으로 마무리가 되었는지 그녀들은 인사를 나누고 헤어졌다. 승호엄마는 곧 아파트로 올라왔다. 승호는 모른척 할 수가 없었다.

"그 아주머니와 무슨 일이예요?"

"아무 것도 아니라니까. 넌 알 필요 없어. 아줌마들끼리 그럴 일이 좀 있다는데 네가 굳이 알 필요가 뭐가 있어?"

승호가 자꾸 꼬치꼬치 캐묻자 승호엄마는 짜증을 부렸다.

"엄마가 협박에 시달리는 것 같아서 하는 말이죠."

"그런 일 없어. 내가 누구 협박에 시달릴 사람이니?"

승호는 그날 아버지께 낮에 있었던 일을 말했고 아버지는 승호엄마를 불러 무슨 일이냐고 따졌다.

"이따 조용히 이야기해요. 승호 앞에서 별로 하고 싶지 않은 이야기예요. 어른들끼리 할 이야기라고요."

"엄마 저도 무슨 일인지 알아야겠어요."

"그래. 승호도 어린 아이가 아니니까 있는 자리에서 이야기해요."

"알았어요."

승호엄마는 이제 더는 혼자 버틸 수 없다는 판단을 내렸다. 남편의 도움이 필요한 시점이 되었다는 생각으로 그간의 일을 설명했다. 그러나 나중에 안 일이지만 승호엄마는 사실 그대로를 말하지는 못했다. 그녀는 반은 사실을 말했고 반은 거짓을 말했던 것이다.

아버지에게 고백한 어머니의 이야기는 이랬다.

18년 전으로 돌아간 이야기였다.

대전에 살던 어머니는 승호를 낳기 위해 대전에 있는 유명 산부인과 병원에 입원을 했다. 전문적으로 산부인과 병원만 운영하던 5층 건물의 그 병원에는 산모들이 꽤 많이 입원해 있었다. 승호를 낳은 지 이틀 만에 병원에 화재가 발생했다. 저녁 식사를 짓던 주방에서 불이 났다. 바람을 타고 순식간에 불길이 위층으로 번졌다.

"불이야! 불이야!"

일층으로 뛰어 올라온 주방 아줌마의 외침에 병원은 발칵 뒤집혔다. 해산을 하고 잠에 곯아 떨어졌던 산모들이 꿈인지 생시인지

분간하지 못하고 잠에서 깨어나며 허둥댔다. 승호엄마도 잠결에 '불이야' 소리를 들었다.

"어마, 우리 아기."

승호엄마는 바바리를 걸쳐 입고 이층 신생아실로 달려갔다. 복도에는 이미 아이를 낳으러 온 임산부, 아이를 낳은 산모들이 뒤엉켜 야단법석이었다. 벌써 연기가 온 건물을 뒤덮고 매캐한 가스가 숨통을 막았다.

이층 신생아실 앞에는 자기 아기를 찾으려고 모여든 산모들로 아수라장이었다. 사람들로 출입문이 막히자 유리창을 깨고 안으로 뛰어드는 용감한 산모도 있었다. 아기를 찾아 안고 나오던 산모들이 연기에 질식해 비명을 지르면서 쓰러지고 사람들 발에 밟혀 일어나지 못해 신음했다. 아무 것도 모르는 신생아들의 울음소리가 여기저기에서 들리다가 희미해져 갔다. 승호엄마도 신생아실 안으로 사람들을 밀치고 들어갔다. 아기들이 뒤죽박죽 섞여 말이 아니었다. 팔목에 채워진 산모의 이름을 확인하며 아기를 찾았다. 신생아실도 이미 독한 연기에 휩싸인 뒤였다. 바닥에 쓰러져 있는 산모들이 더듬거리며 걷는 다른 발길에 걸리기도 했다. 그녀는 자신의 아기를 찾아 간신히 옥상으로 올라와 헬기에 구출되었다는 것이다. 아래에서 애태우며 기다리던 남편을 보자 아기를 넘겨주며 울음을 터뜨렸다.

"나를 찾아오는 그 부인도 그때 그 산부인과에서 출산을 했던 사람이래요. 거기도 나랑 같은 날 아들을 낳았다는군요. 자기는 신생아실에서 아기를 찾아 안고 나오다가 정신을 잃었대요. 그런데 아무래도 자기 아기는 죽지 않은 것 같다고 하면서 승호가 자기 아기가 아닌지 묻는 거예요. 나는 분명 내 아기를 찾아 안고 나왔다는데 자꾸 디 앤 에이 검사를 해보자고 사람을 괴롭히는 중이에요. 절대 그렇지 않다고 말해줘도 집착을 버리지 못하고 날 찾아와요. 자기 말로 아기를 잃고 정신과 치료를 십 년을 받았다는데 아직 완치되지 않은 것 같아요."

승호엄마는 남편에게 도움을 요청했다.

"당신이 나서서 그 당시 상황을 설명해 주고 부인을 설득시켜 줘요. 난 더 이상 시달릴 이유가 없어요."

"얼마나 충격을 받았으면 그러겠소? 그런데 그 많은 산모들 중에 왜 하필 당신을 찾아 온 걸까?"

아버지가 무심히 의아한 표정을 짓자 승호엄마는 와락 신경질을 부렸다.

"나만 찾아온 게 아니라고요. 같은 날 출산한 산모들을 모두 하나하나 찾아다닌다잖아요. 그날 출산한 산모가 일곱 명이었다나 뭐라나……"

"이십 년이 다 되도록 그렇게 집착하는 것을 보면 병은 병인 모양이군."

"그렇다니까요. 눈빛을 보면 무서워 죽겠어."

"화내지 말고 잘 달래줘요. 안 됐잖아."

"너무 지나치니까 그러죠. 승호를 보는 눈이 끔찍하더라고요."

승호엄마는 찬찬히 승호를 살펴보던 부인의 눈빛을 잊을 수가 없었다. 승호엄마만 그런 것이 아니었다. 승호 역시 부인의 눈길이 심상치 않음을 느꼈다. 승호는 외출하다가 누군가가 자신을 지켜보는 것 같은 섬뜩함을 느끼는 적이 한 두 번이 아니었다. 그럴 때마다 그 부인의 눈빛을 떠올리곤 했다. 어느 날 집으로 돌아오던 승호는 버스 정류장에서 부인과 마주쳤다. 그녀는 우연인 것처럼 대했지만 승호가 볼 때는 그를 기다리고 있었음이 확실했다.

"학생, 잠깐 나하고 이야기 좀 하면 안 될까?"

"어머니께 말씀 들었는데요, 아주머니 일은 안 됐지만 저는 드릴 말씀이 없어요."

"그래? 내 아들도 컸으면 꼭 학생만큼 자랐을 테지. 난 학생을 처음 보던 날 아지 못할 전율을 느꼈었지. 그날부터 나는 더욱 병든 것 같아. 잠을 잘 수가 없어. 학생 때문에."

"죄송합니다. 저는 그만 가 볼게요."

승호가 인사를 하고 돌아서자 부인이 앞으로 달려와 와락 승호를 안았다. 피할 틈도 말릴 사이도 없이 벌어진 일이었다. 잠시 후 승호에게서 물러 선 부인은 뒤도 돌아보지 않고 돌아서서 뛰어갔다. 집에 도착해 그 이야기를 하자 어머니 입에서 욕설이 튀어나왔다.

"정신병원에 가야 할 미친년이 무슨 짓을 하고 다니는 거야? 넌 왜 그런 이상한 여자를 뿌리치지 않고 상대를 해 주는 거니? 정말 불쾌해."

어머니는 노발대발 화를 내면서 소리를 질렀다. 승호는 어머니가 너무 많이 변한 것 같아서 아무 말도 못하고 방으로 들어갔다.

승호엄마와 아버지, 그리고 부인이 한 자리에 앉은 것은 그 일이 있고 한 달쯤 지난 바로 전 달이었다. 부인은 오빠를 동반하고 나왔다.

"더 이상 강요하지는 않겠습니다. 정식으로 검사를 부탁드립니다."

부인이 승호엄마와 아버지에게 예의를 갖추어 검사를 요청했다. 정신과 치료를 받고 있는 사람 같지는 않았다. 부인의 오빠가 승호 부모에게 동생에 대해 설명을 했다.

"저도 그동안 동생을 말렸지만 말을 듣지 않았어요. 그 일로 몇 년간 의가 상해서 연락까지 끊고 지냈습니다. 그 당시는 동생이 남편을 잃고 더 이상 아이를 더 가질 수 없었기 때문에 집착을 버리지 못하는 거라고 생각했습니다. 세월이 가면 포기할 줄 알았는데 그게 아니었어요. 문제는 환영에 사로잡혀 있다는 사실입니다. 정신을 잃었다면서 동생은 누군가가 꼭 껴안고 있는 자기 아기를 빼앗아 갔다고 주장하는 겁니다. 정신을 잃은 사람이 어떻게 그걸 알 수 있겠어요? 아기가 죽지 않았다고 믿고 싶은 마음에 착각을 사실처럼 만들어 버린 거겠지요."

부인의 오빠는 몹시 곤혹스러운 표정으로 승호엄마와 아버지에게 양해를 구했다.

"검사 받고 그 결과에 깨끗이 따르겠다고 저와 약속을 했습니다. 말도 안 되는 무례한 부탁인 줄 알지만 한 번만 제 동생 청을 받아들여 주실 수는 없겠습니까?"

승호엄마는 펄쩍 뛰며 일언지하에 거절했다. 그러자 부인이 맞섰다.

"그렇다면 법의 힘을 빌려서라도 강행하겠어요. 남편 분께 한 가지 여쭙겠어요. 그 당시 남편께서는 아기의 팔찌를 확인하셨나요?"

부인이 승호 아버지에게 물었다.

"아니요. 뒤늦게 화재 현장에 달려온 저는 제 정신이 아니어서 그럴 경황이 없었어요. 아내와 아기가 구출된 것만이 다행스러워 아무 것도 챙길 정신이 없었습니다."

부인이 좀 더 확신에 찬 음성으로 그때 상황을 설명했다.

"그땐 아기의 팔찌를 볼 수 없었을 거예요. 웬 줄 아세요? 부인이 이미 팔찌를 없애 버렸기 때문이에요. 저는 잠시 정신을 놓았다가 애써 정신을 차렸어요. 안고 있던 아기가 없어진 겁니다. 죽은 힘을 다해 아기들의 팔찌를 훑으며 제 아기를 찾았어요. 어디에도 없었어요. 그때까지는 아직 신생아실은 전소되지 않은 상황이었어요. 아기를 찾아 기어 다니다가 다시 저는 정신을 잃었지요. 소방대원에게 구출되어 이렇게 멀쩡하게 살아남았지만 살아도 살아있는 것이 아니었어요."

부인이 손수건으로 눈물을 닦았다.

"믿으실지 모르지만 제가 가물가물 정신을 잃어갈 때 누군가가 아기를 제 품에서 빼내 갔어요. 아기를 구해주는 거라 생각했어요. 남편이 남겨준 소중한 유산이 우리 아기였는데……."

결혼하고 아기를 가진 것을 알았을 때 남편은 축배를 들며 좋아했다는 것이다. 그러던 남편이 해외 출장길에 비행기 사고로 아내 곁에 돌아오지 못했다. 남편에게서 처음이자 마지막으로 얻은 아기였다고 부인이 울먹였다.

"도움이 되지 못해 죄송해요."

승호엄마는 울먹이는 부인에게 더 심한 말은 하지 않았다.

"승호엄마 고민은 입시를 앞둔 아이에게 정신적으로 괜한 신경을 쓰게 할까봐 걱정이에요. 제가 아내를 설득해 볼 테니 시간을 좀 주시죠."

승호 아버지는 커피숍을 걸어 나오며 부인의 오빠에게 약속했다. 반면 아내는 부인에게 협박 아닌 협박을 받았다.

"저번에 승호를 만났다는 이야기 들었겠지요? 그날 저는 아이의 머리카락을 채취했어요. 응해 주지 않으면 그것으로 검사를 시도할 겁니다. 자진해서 검사해 주기를 다시 한 번 부탁드려요."

"마음대로 하세요. 저도 그냥 당하고 있지만은 않을 거니까."

그녀들의 싸움은 쉽게 끝날 것 같지 않았다. 승호엄마는 예상
치 못했던 또 다른 고민에 직면했다. 남편의 끈질긴 설득이었다.

"우리가 검사에 응하지 못할 이유가 어디 있소? 사정 이야기를
들어보니 정말 딱하지 않아? 그렇게 해서라도 당신이 부인의 시
달림에서 벗어나고 그 부인도 아이를 포기하도록 해주면 정신 치
료에 도움이 될 거고. 그게 다 좋은 일 아니겠소."

"승호한테는 뭐라고 해요?"

"걔도 곧 대학생이 될 정도로 다 큰 놈인데 사정 이야기를 하고
검사를 받도록 합시다."

"생각해 볼게요."

승호엄마는 이십년 동안 묻혔던 비밀이 남편과 아들 앞에 드러
날 것을 생각하니 죽고 싶은 심정이었다.

"아, 이 일을 어쩌면 좋아. 승호를 잃을 수는 없어."

승호엄마는 진퇴양난에 처했다. 마냥 버티고 있을 수만도 없게
되었다. 고민 끝에 승호엄마는 부인을 만났다. 커피숍이 아닌 공
원을 택했다. 더 이상 다른 방법이 없음을 알았다. 차라리 부인과
타협을 짓는 편이 낫다는 결론을 내린 것이다. 승호를 빼앗기지
않는 방법은 부인이 포기해 주는 길뿐이었다. 그녀는 망설이지
않았다. 수단과 방법을 가릴 시점이 아니었다. 용서를 빌고 승호
를 위해서라도 아이만은 데려가지 말아달라고 사정을 할 작정이

었다.

"처음부터 속이려던 건 아니었어요. 신생아실에서 내 아기를 찾았지만 이미 숨져 있었어요."

서두가 길면 중간에 또 마음이 변할 것 같아 그녀는 본론부터 쏟아놓았다.

"숨진 내 아기를 안고 나오는 중이었는데 부인이 아기를 안고 쓰러져 있는 것이 눈에 띄었죠. 아기는 울고 있었고 부인은 미동도 하지 않았어요. 죽은 줄 알았어요. 산 사람부터 구해야 한다고 생각했어요. 무작정 아기를 구해서 안고 나온 거예요. 그런데 애 아빠가 안고 나온 아기를 보고 어찌나 좋아하는지 우리 아기는 죽었다고 말 할 수가 없었어요. 살면서 몇 번인가 말하려 했지만 용기가 나지 않았어요."

승호엄마는 그동안의 심정을 밝히며 부인 앞에서 눈물을 흘렸다. 부인도 함께 울었다.

"이해해요. 나라도 그랬을 거예요. 우리 아이를 구해주고 거두어 줘서 고마워요. 아이를 빼앗아 갈 마음은 없어요. 그저 내 아이가 살아있다는 것을 확인하고 싶었어요."

두 사람은 얼싸안고 울었다. 이십년을 길러 온 아이를 잃어야 하는 절망감과 자기 자신이 살아있음을 확인한 기쁨의 눈물로 서로 색깔이 다른 눈물이지만 두 여자는 아무튼 함께 울었다.

"난 정신을 놓지 않으려고 아기를 안은 팔에 더욱 힘을 주고 있었어요. 비록 몸은 말을 듣지 않고 의식은 가물가물 사라져 갔지만 무의식 속에서도 아기가 울고 있는 소리가 들렸어요. 누군가 내 곁에 다가오기에 '이제 살았구나.' 했는데 말을 할 수 없었어요. 그 사람은 나를 살펴보더니 아기만을 안고 나가더군요. 상대가 여자인지 남자인지 전혀 알 길이 없었지만 우리 아기를 구해준 사람에게 감사했어요. 저는 죽어도 괜찮다고 생각했거든요. 감사드려요."

부인이 승호엄마의 떨리는 손을 두 손으로 잡았다. 손이 따뜻했다.

"저는 될수록 대전에서 멀리 떠나고 싶었어요. 아니라고 부인하고 싶지만 남편을 졸라 서울로 온 것도 영원한 비밀이 되기를 바라서였을 거예요. 남의 아이를 제 자식으로 만들려는 속셈이 있어서였을 거예요. 남의 자식을 도둑질한 엄마가 됐네요. 이런 날이 올까봐 불안과 초조 속에 살았는데 드디어 그날이 왔군요. 제 스스로 남편과 아이에게 말 할 수 있도록 시간을 줄 수 있나요?"

"그럼요. 이십년도 기다렸는걸요."

"오래 걸리지는 않을 거예요."

승호엄마는 앞으로 닥칠 승호와의 이별을 생각하면 눈앞이 캄캄하고 가슴이 아파서 숨을 쉴 수가 없었다. 승호엄마의 성격상 결정된 일을 놓고 시간을 끌 사람이 아니었다. 승호엄마는 아들이 입시를 다 치를 때까지 기다려야 할 지 빨리 말해야 할 지 고민했다. 며칠을 입 다물고 견뎠지만 하루하루가 고통이고 지옥이었다. 먼저 남편에게 운을 떼었다.

"여보, 나 할 말이 있는데……."

"말 해. 그 부인 이야기야?"

"그날 구조되어 집으로 오기 전에 난 아이의 팔찌를 입으로 물어뜯어 잘라 버렸어요. 당신이 차를 가지러 갔을 때요."

남편이 미처 무슨 말인지 이해하지 못하고 아내의 얼굴을 멍하니 바라보았다.

"신생아실로 달려가 우리 아기를 찾아냈을 때 우리 아기는 이미 숨져 있었어요. 죽은 아기를 안고 탈출 하려는 순간 부인의 품에 안겨 울고 있는 아기를 보았어요. 부인은 죽은 것 같았어요. 저는 무조건 살아있는 아기를 살리려고 안고 나왔던 거예요."

승호엄마가 숨 가쁘게 그 당시 상황을 설명하자 아버지는 쿵 하고 뒤통수를 얻어맞은 것처럼 아무 생각도 떠오르지 않았다.

"그럼……."

"당신이 구출된 나랑 내가 안고 있는 아기를 보며 너무 기뻐해서 우리 아기가 죽었다고 말하지 못했던 거예요. 미안해요. 진작 말하지 못해서."

이렇게 진상이 밝혀졌다. 승호엄마와 아버지는 의논 끝에 승호에게 말하기로 결정을 내렸다. 대학 입시를 앞두었다고 하지만 일생일대의 큰 문제를 당분간 덮어둔다는 것은 옳지 않다는 판단이

섰던 것이다. 의지력이 있으면 그 고비도 무난히 넘길 것이고 그렇지 못하다면 일 년 늦게 대학에 입학하면 될 일이라고 아버지는 결론지었다. 이건 누구의 잘못도 아니라고 아내를 달랬다. 승호 아버지는 승호의 충격을 짧게 만들어주자는 생각에 생모가 함께 앉은 자리에서 자초지종을 설명하기로 했다. 한 자리에서 한 번에 충격적인 상황을 받아들이는 것이 오히려 아이의 고통을 덜어주는 일이라고 판단되었기 때문이었다. 승호엄마가 먼저 자초지종을 말하고 그 다음 아버지가 다독이고 며칠 뒤 생모인 자기가 나타나 승호를 만나면 어떠냐고 부인이 제안했다. 아버지는 그 방법을 반대했다. 그렇게 한다면 아이가 그만큼 오랜 시간 갈등해야 하고 고통을 겪어야 한다는 것이었다.

"젊고 건강한 놈이라 얼마간 고민하면 곧 받아들일 겁니다."

아버지는 믿었다.

승호는 지금의 엄마와 새로운 어머니의 눈물어린 호소에도 무덤덤하게 눈만 끔벅일 뿐 어떤 반응도 보이지 않았다. 생각보다 쉽게 받아들이는 것 같아 세 사람이 안도할 즈음 갑자기 승호가 잠적해 버렸다. 쪽지 한 장도 남기지 않고 아침에 일어나보니 아이가 없어진 것이었다. 곧바로 생모에게 알리고 백방으로 승호를 수소문했지만 승호를 찾지 못했다. 이틀이 지나자 여자들은 경찰에 실종신고를 내자고 법석을 떨었지만 아버지는 며칠 더 기다려 보자고 여자들을 달랬다. 일주일 만에 승호가 돌아왔다. 승호엄마와 아버지는 생모에게 승호가 돌아왔다는 말을 하지 않고 먼저 무슨 말인가를 해 주기를 기다렸다. 아이는 다소 초췌해진 모습이었지만 안정을 찾은 표정이었다.

"전 어떻게 되는 거예요. 제 거취 문제 말이에요."

"넌 어떻게 하고 싶니?"

승호엄마는 죄인처럼 말이 없었고 아버지는 먼저 승호의 의사를 물었다.

"그 아주머니는 뭐래요?"

아무래도 어머니라는 말은 나와 주지 않았다. 이십 년을 찾아 헤맸다는 부인이 안 됐고 가슴 아프지만 생소한 것은 부인할 수 없는 일이었다.

"그 부인도 기어이 너를 데려가겠다는 생각은 없다더라. 살아 있는 것을 확인한 것만으로도 행복하다고 했어."

기회는 이때다 싶었는지 승호엄마가 얼른 생모의 뜻을 전했다.

"됐네요. 그럼. 난 그냥 살던 대로 살고 어머니 한 분이 더 있다 생각하면 되는 거잖아요. 낳아주신 분도 어머니고 이십 년 동안 키워 주신 분도 내 어머니니까요."

"그렇지. 수능 끝나면 자주 만나 정도 들이고 그동안 마음 고생하신 것도 달래드리면 그 분 정신 건강도 좋아지실 거야."

승호엄마는 아이가 살던 대로 살겠다고 마음을 굳힌 것이 고마워 눈물을 글썽거렸다. 승호는 운명적으로 닥친 문제지만 현실적으로 풀겠다는 마음을 먹고 돌아왔던 것이다.

"할머니께서 대학을 졸업할 때까지 장학금을 주시겠대요. 제가 집 나가고 없는 동안 엄마한테 하소연을 들으셨던 가 봐요. 날 불속에서 구해주시고 여태 친자식으로 여기면서 애지중지 키워 주신 어머니께 감사드리라고 하셨어요. 비록 엄마가 생모에게는 가슴 아픈 죄를 지었지만 저에게는 은인이니 조금도 원망하지 말라고요. 마음의 병을 앓으면서 이십년을 자식 찾아 헤맨 생모도 고통스러웠겠지만 제일 고통스러웠을 사람은 아마도 지금의 엄마일 거라고 저도 생각해요. 언제 들통이 날지, 언제 자식을 빼앗길지 몰라 밤낮으로 가슴 조이며 심장 약을 먹었다는 말을 듣고 저는 엄마가 그동안 얼마나 힘들었는지 알았어요."

"그런 일이 있었구나. 꿋꿋이 이겨내서 대견하다. 남들은 하나밖에 가지지 못하는 어머니를 너는 둘씩 가졌으니 얼마나 큰 복이야? 이제 공부 열심히 해서 좋은 대학 가는 일만 남았구나."

"예. 그럴 거예요."

용만 씨가 승호의 어깨를 툭 쳤다. 승호는 맑은 얼굴로 싱긋 웃으며 고개를 끄덕였다.

제 8 장

어머니도 인간이라는 사실을 인식하고
어머니의 꿈과 사랑을 위해 헌신하라

욕쟁이 할머니의 장례 절차를 꼼꼼히 챙기면서 말없이 상주 노릇을 하고 있던 김 선생이 유언장을 이철두 변호사 앞에 내밀었다.

"저는 할머니의 유언을 받들 수가 없습니다."

인정에 넘치는 자상한 할머니의 유언들이 한 건 한 건 받아들여지고 있는 중이었다. 인생은 이래서 아직 살맛난다고 흐뭇해하던 중에 김 선생이 찬 물을 끼얹는 발언을 한 것이다. 그에게로 시선이 집중되었다.

"무언 유언이길래유? 마다하는 이유가 있을 것 아닌감유?"

박씨가 말은 느려도 제일 먼저 궁금증을 숨기지 못하고 성급하게 물었다.

"내 어머니 한 분도 제대로 못 모신 놈이 어떻게 수십 명이 기거하는 독거노인 복지관을 운영하겠습니까? 제 능력이 미치지 못하는 일입니다."

김 선생은 고개를 저었다.

"여든이 넘는 노모를 정성껏 모셨던 효자 아닙니까? 효자로 소문 나셨던 분이니 김 선생님이야말로 적임자가 아닌가요?"

그가 겸손한 마음으로 사양하는 것이 아닌가 싶어 용만 씨가 나섰다. 다른 사람들도 복지관을 맡을 분은 김 선생이라고 거들었다. 그러나 김 선생은 그건 모두들 잘못 알고 있는 일이라며 손사래를 쳤다.

"제가 진정한 효자였으면 어머니를 그렇게 허무하게 잃지는 않았을 겁니다. 병원 한 번 못 모시고 약 한 첩 쓰지 못하고 떠나보낸 불효막심한 놈입니다. 저는 지금 어머니께 속죄하는 심정으로 살고 있습니다."

김 선생이 벌써 십년 전에 세상을 뜨신 어머니에 대해 말하는 것은 처음 있는 일이었다.

그는 어머니가 여든이 넘어 연로하기는 했지만 잘만 모셨다면 백수도 하실 분이었다고 말문을 열었다. 음식도 잘 드시고 소화도 잘 시키고 병 든 곳 없이 건강했다고 했다. 가끔 천식이 있어서 기침을 하기는 했지만 노인들에게 흔히 있는 일이거니 하고 무관심했던 것이 화근이었다.

"어머니는 나이 마흔 다섯에 저를 낳으셨습니다. 아버지 나이는 환갑이었고요. 부모님이 늦은 나이에 얻은 아들이라 얼마나 떠받들어 키웠는지 결혼할 때까지 정말 철이 없었습니다."

아버지는 첫 번째 부인에게서 후손을 보지 못한 채 사별을 했고 어머니는 결혼해 2남 1녀를 얻고 남편과 사별을 했다. 전 남편의 친가에서 막내가 젖 떨어지고 걸음마를 시작하자 아이들은 우리가 키울 테니 어머니더러는 친정으로 돌아가라고 내쳤다. 시댁에서는 젊은 청상을 붙잡고 있다는 말을 듣고 싶지 않았고 젊은 과부 며느리가 부담스러운 모양이었다. 어머니는 눈물바람을 하며 경기도에 있는 친정으로 돌아왔다. 친정 부모님 모시고 농사일을 부지런히 도우며 일 년을 살았다. 어느 날 매파가 찾아와 건너 마을 김씨 댁에서 어머니를 탐낸다며 재혼 시키라고 바람을 넣었다. 남자 쪽에서는 대를 잇기 위해 아들을 둘이나 낳은 경력이 있는 여자를 탐냈던 것이다. 남편 될 자리가 나이 차이는 좀 많이 나지만 부농이라 먹고 살만하다며 중신아비는 여러 차례 친정 부모님을 찾아와 청을 넣었다. 쌀농사가 주업인 이천 지역에서 소문난 부농이라는 말에 친정 부모님도 솔깃해져 딸을 보내기로 마음을 정했다. '늙을수록 남편이 필요한 법'이라고 딸에게 재혼을 권했다. 여자 팔자 뒤웅박 팔자라며 팔자 한 번 고쳐보는 것도 나쁘지 않다고 설득시켰다. 어머니도 친정에 마냥 얹혀 살 수는 없어 재취 자리로 시집을 갔다. 결혼을 하고보니 실지로 제법 많은 농사를 짓는 부농이기는 했다. 그러나 일손이 모자라 도지(賭地)를 받고 딴 사람에게 붙이는 논이 많았다. 어머니는 다음 해부터 내놓은 논을 모두 거둬들여 직접 농사를 지었다. 그 덕에 평생 농사일에서 헤어나지를 못했다.

"얼른 보면 촌 무지랭이 같았지만 사실 어머니는 동네가 인정하는 여장부였습니다. 술을 잘 마셨느냐고요? 아니요. 사이다만 마셔도 얼굴이 벌겋게 달아오르는 양반이었지요. 무슨 힘으로 그일을 다 해냈는지 정말 소처럼 일을 하셨습니다."

그 많은 농사도 사람 부려가며 혼자 지었고 집안 대소사도 척척 치러냈다. 집안일 뿐 아니라 동네에 큰 경조사가 있는 날이면 어머니의 손을 빌리지 않고는 일을 치러낼 수가 없었다. 그 당일에 어머니는 남보다 훨씬 더 먼저 현장에 도착해 포지션을 나누어 놓곤 했다. 여기는 중앙 석, 여기는 접수처, 여기는 음식 조달 석…… 하는 식이었다. 어느 날 보면 들에가 있고 어느 날 보면 논에 가 있고 어느 날 보면 남의 잔치 집에서 진두지휘를 하고 있었다. 어머니 앞에만 오면 남자들이 쪽을 못 쓰고 기가 죽었다. 무슨 어려운 일이든 워낙 시원스럽게 척척 해내는 솜씨가 남자 열 몫은 해낸 성 싶었다.

후손이 끊길 위기에 처했던 김씨네 집에 시집오자마자 떡 두꺼비 같은 아들부터 낳았다. 아버지는 더 이상 아무 것도 필요 없다며 집안 경제권을 어머니에게 넘겨주고 아들 보는 재미에 빠져 살았다. 시골 부농의 경제권이란 쌀이 든 곳간 열쇠를 손 안에 쥐고 마음대로 하는 것이었으니 어머니에게는 쌀이 힘이었다. 그때의 어머니들은 다 그랬다. 뒤주에 쌀 떨어질까 봐 전전긍긍하며 살았던 시절이다. 자식들에게 안부를 물을 때도 밥으로 시작해서 밥으로 끝났다.

"밥은 잘 먹느냐?"

"밥 먹기 싫다고 빵 같은 거 먹지 말고 밥 든든히 챙겨 먹어라."

뒤주에 쌀이 그득하면 어머니들은 걱정 근심이 없이 배가 불렀다. 감기 걸렸다고 해도 '밥 든든히 먹어야 감기가 도망간다.'고 말했고 '밥이 보약이다.'고 했다. 딸 시집보내기 위해 신랑감을 볼 때도 '그놈 밥은 안 굶기겠더라.' 했다. 그런 시대에 우리 어머니는 뒤주에 쌀이 그득할 뿐 아니라 곳간에 쌀이 그득했으니……
곳간에 가득 찬 쌀 힘을 믿어서인지 어디서나 당당했고 남자들과 대적해도 부족함이 없었다.

남의 말 좋아하는 사람들은 돌아서서 숙덕거렸다.

"저 극성스러운 여편네가 곳간 열쇠까지 손에 넣었으니 무서울 게 없을 테지."

"저렇게 대 찬 여자는 처음 봤어. 남자 서넛은 잡고도 남을 위인이야."

그러거나 말거나 어머니는 그들 말에 귀도 기울이지 않았다. 누가 뭐라고 해도 어머니는 눈 하나 깜짝 않는 배포가 있었다. 반

대로 칭찬하는 사람들은 '고추 하나만 달고 나왔으면 대통령 감'
이라며 어머니를 존경스러운 눈으로 보기도 했다. 아들도 그렇게
강하게 키우려 했지만 나이 많은 남편이 아이를 무릎에 올려놓고
오냐오냐 하는 통에 뜻대로 되지 않아 안타까워했다. 아버지의 과
보호 속에서 자란 아들은 어리광이 심했고 병약했다. 그나마 다행
인 것은 집 밖에서의 아들 교육만큼은 어머니 마음대로 할 권한이
주어졌다.

"딴 부자 어머니들은 돈으로 승부를 하셨지만 제 어머니는 쌀
로 승부를 하셨지요."

아들의 학교 문제도 모두 어머니 몫이었다. 초등학교 1학년 때
의 일이었다.

한 번은 학교 갔던 아들이 울면서 돌아왔다. '왜 그러느냐?'고
어머니가 물었다. 철없는 아들은 곧이곧대로 '아이들이 놀리고
선생님도 나를 미워한다.'고 일렀다. 그 말을 듣고 어머니는 곳
간에 가서 자루에 쌀을 퍼 담아 머리에 이더니 아들을 앞세우고
학교로 갔다. 꽤 먼 거리를 꽤 많은 쌀을 이고 학교로 가던 어머
니의 이마에 땀방울이 맺혔던 기억이 생생했다. 오십이 넘은 어
머니는 분명 힘들었겠지만 힘 든 내색을 하지 않았다. 아들은 어
머니 손에 끌려가지 않으려 두 발로 뻗대며 어머니를 더 힘들게
했다.

"저는 중간에 몇 번이나 어머니 손을 놓고 도망을 가려 했지요.

딴 아이들 엄마는 젊은데 우리 엄마는 너무 늙어서 창피했거든요. 딴 아이들이 물었어요. '너네 할머니니?' 하고요. 난 어머니가 학교에 나타나면 창피해서 뒷문으로 살짝 빠져나가 숨어버리곤 했어요."

쌀을 이고 학교에 도착한 어머니는 담임선생님 앞에 가서 이고 온 쌀을 내려놓았다.

"부족한 아들을 맡겨놓고 찾아뵙지 못해 죄송합니다. 집안 농사를 혼자 짓느라 짬이 없어서 못 와 뵀습니다. 이것이 이번에 제가 농사지어 거둔 곡식입니다. 제 땀과 노력이 만들어낸 결실이니 자식에게 먹이기 전에 선생님께 먼저 나누어 드리고 싶어서 가져 왔습니다."

아들의 말을 듣고 곳간에서 쌀을 퍼 담을 때의 기세와는 달리 어머니는 선생님 앞에서 정중하고 예의 발랐다. 어찌나 당당하게 말도 잘 하는지 부끄럽다는 생각은 어느 틈에 달아나고 어깨가 으쓱할 정도로 어머니가 자랑스러웠다. 다음 날 선생님이 아이들 앞에서 머리를 쓰다듬으며 말했다.

"어머님이 참 훌륭하시더구나. 아들을 위하는 마음에 선생님도 감동을 받았단다. 어머님이 애써 지어주신 쌀로 밥을 지어 맛있게 먹고 있다고 어머니께 전해라."

아이들이 부러운 시선으로 그를 쳐다보았다. 그 시대에 시골에서 선생님께 그렇게 당당하게 뭔가를 가져다 드린다는 일은 생각할 수도 없었다. 그것도 힘에 겨울 만큼 많은 쌀을 이고 가서 어느 누구의 눈치도 안 보고 선생님의 책상 위에 올려놓던 어머니였다. 어머니께 선생님의 말을 전하자 비로소 안도하는 모습을 아들은 보았다.

초등학교 2학년이 되는 모습을 보지 못한 채 아버지는 돌아가셨다. 아버지가 돌아가셨을 때에도 어머니는 울지 않았다. 문상 오신 손님들을 위해 안채로 사랑채로 마당으로 죽어라 음식을 차려 내던 모습만이 떠올랐다. 그때부터 아들은 아버지와는 전혀 다른 어머니의 강한 의지력과 독립심을 배워 나가야 했다.

그 무렵 김 선생은 어머니의 주선으로 전 남편의 아들들을 만나보았다. 외동인 아들이 외로울 것을 염려한 어머니의 배려였다.

"너희들은 모두 내 새끼들이다. 양쪽 다 아버지가 돌아가시고 이 어미만 남았으니 아비 따질 것 없다. 나 없더라도 친형제처럼 지내거라."

형님들은 그렇게 하겠다고 어머니 앞에서 약속했다. 큰 형님과는 나이가 열 살 이상 터울이 졌다. 둘째 형님과도 열 살 터울이 었다. 두 형님은 친동생 이상으로 정스럽게 대했다. 오랫동안 같이 자라고 같이 살아온 것 같은 착각이 들었다. 더구나 큰 형님은 돌아가신 아버지가 생각날 정도로 김 선생을 좋아했다. 큰 형님이 어머니를 자기 집으로 모시겠다고 했지만 어머니는 아직 시골 집을 떠날 마음이 없다고 그곳에 남았다. 서울과도 그리 멀지 않으니 자식들 집을 두루 오가며 살겠노라 거절했다. 큰아들이 아직 초등학생일 때 친가로 들여보내느라 헤어졌다가 다시 만났으니 아들 내외가 아무래도 어려운 눈치였다. 내내 품속에서 키우고 아직 결혼도 하지 않은 막내가 만만하고 이물 없게 느껴졌다. 결국 어머니는 서울에 있는 김 선생 집을 오가며 고향집에 남았다. 내내 혼자 계시다가 저승길 눈앞에 두고 김 선생에게로 온 셈이었다.

"어머니의 십팔번은 '무릎 꿇어.' 였습니다. 나이가 들어서도 잘못하면 어머니 앞에 무릎을 꿇어야 했지요. 술을 너무 마셔 인사불성일 때도 어머니의 '무릎 꿇어.' 소리에는 정신이 번쩍 들었어요. 돌아가시기 며칠 전에 제가 어머니에게 말대꾸를 했더니 '너 무릎 꿇어.' 하면서 눈을 부릅떴는데 목소리에 예전 같은 힘이 없어서 슬프더군요."

김 선생은 어머니 성화에 못 이겨 중매쟁이가 주선한 맞선을 보고 오래 사귀지도 않은 채 결혼을 했다. 살아보니 여자의 낭비벽이 병적이었다. 어머니가 주는 생활비는 여자의 용돈으로도 모자랐다. 노름을 하거나 춤바람이 난 것도 아니었다. 그저 눈에 보이는 것이면 생각 없이 덥석 사들이고 싫증나면 아무렇지도 않게 쓰레기통에 내버렸다. 특히 옷에 대한 욕심이 많아 외출했다 하면 빈손으로 집에 돌아오는 일이 없었다. 언제나 자신의 옷을 한두 가지는 사들고 들어오는 것이 습관이었다. 같은 종류의 옷을 몇 벌씩 샀다가 그중 한두 벌은 누굴 주거나 버리거나 하는 짓을 예사로 했다. 어머니가 한 번 씩 손수 지은 농산물을 이고 들고 메고 아들 집에 와 보면 그 지경이었다.

"얘야, 이 멀쩡한 옷이 왜 쓰레기통에 있니?"

"그거 제가 버린 건데 왜 주워 오셨어요?"

"이거 산 지도 얼마 안 된 옷이잖니?"

"유행이 바뀐 스타일이라 못 입어요. 버리세요."

"아까워서 나라도 입어야겠다. 거기 놔둬라."

어머니는 쓰레기통에 버려진 멀쩡한 옷을 들고 들어와 야단을 치기도 하고 그러면 안 된다고 달래기도 했지만 소용이 없었다.

"무릎 꿇어. 도대체 안 사람을 어떻게 다스리기에 내 말에는 콧방귀도 뀌지 않는 게냐?"

며느리에게 말이 안 먹히자 아들을 호되게 꾸짖어 보기도 했다. 제 남편 아끼는 마음이 있으면 남편 야단 맞히기 싫어서라도 조심하겠지 하는 계산이었다. 곧 그것이 소용없는 일임을 알았다. 오히려 이상한 사람들이라고 비웃었다.

"세상이 어떤 세상인데 아직도 어머니 앞에 무릎을 꿇고 산대? 조선 시대에 사는 것도 아니고."

어머니가 포기하는 수밖에 없었다. 알뜰하고 검소한 어머니 성질에 그것도 꾹꾹 참아 견뎠다. 당장 쫓아 버리고 싶어도 아들을 봐서 며느리를 내쫓을 수는 없는 일이었다. 그러다가 며느리의 기가 찬 꼴이 어머니 눈에 잡혔다. 아들이 벗어놓은 팬티와 양말을 종이 줍는 긴 집게로 집어 세탁기에 가져다 넣는 것이었다.

"아니, 너 지금 그게 뭐하는 짓이냐?"

"입다 벗어놓은 거니까 더럽잖아요."

어머니 눈에서는 불꽃이 펄펄 일었다. 그 꼴을 보는 순간 온몸이 부들부들 떨려왔다. 같이 한 이불 덮고 잠을 자고, 한 솥의 밥을 먹고, 한 냄비의 찌개를 먹는 사람들이 벗어놓은 속옷에 살닿는 것이 싫어서 쇠 집게로 집어 올린다면 안 봐도 알 일이었다. 부부간에 금슬은 커녕 정마저 없다는 소리였다. 같이 살지 않고 매일 보지 않아도 뻔한 노릇이었다.

"당장 보따리 싸서 네 집으로 가거라."

어머니는 더 아무 말도 하고 싶지 않았다. 금쪽같은 내 자식의 속옷이 더러워서 손가락으로 집어 올리는 것도 아니고 쓰레기 줍는 집게로 집어 올리는 여자를 더 두고 볼 수는 없었다.

"내 아들이 문둥병 환자도 아니고 이게 무슨 짓이냐? 내 살다 살다 별 일도 다 보겠다. 친정에 가서 네 부모님한테 거짓 없이 이 사실을 그대로 말해라. 그런데도 너희 부모가 가서 살라고 그러거든 네 부모님과 함께 오너라."

며느리는 '별 것도 아닌 일로 너무한다.'며 코웃음을 치고 짐을 꾸려 나갔다. 아들이 돌아오자 어머니는 거품을 물고 분이 안 풀린 채 자초지종을 설명했다. 조금 진정되자 부부 사이가 어떠냐고 물었다. 김 선생은 그제야 부부 사이에 있었던 일을 어머니 앞에 자백했다. 홀로 된 어머니에게 차마 입 떼기가 힘든 이야기였지만 하는 수 없었다. 입도 못 맞추게 하고 손으로 몸도 못 더듬게 한다는 것이었다. 부부 관계를 하기 직전에는 무조건 목욕을 해야 하고 오로지 중요한 그 부분만 살에 닿아야 된다고 하는 여자였다. 옷을 자주 사고 자주 버리는 것도 일종의 결벽증 때문인 것을 알게 되었다. 아들은 점점 아내 옆에 가는 일이 부담스러워지고 남자 구실을 못하는 남자로 변해 갔다고 했다. 어머니가 걱정할까봐 말도 하지 못하고 끙끙거리던 참이었다. 그 말을 듣고 어머니는 생전 처음으로 아들 앞에서 눈물을 흘렸다. 여자가 괘씸해서인지 아들이 가여워서였는지 아니면 금지옥엽으로 키운 아들이 당한 냉대가 분해서였는지는 그 심정을 알 수 없었다.

"이게 무슨 소리냐? 그 꼴을 당하면서 참고 있었단 말이냐? 이 등신아. 내가 어떻게 키운 자식인데……."

너무 죄스럽고 면목이 없었다. 아들은 오히려 어머니를 위로했다.

"잘 됐어요. 인연이 아닌 모양이지요. 그 여자도 내가 싫었겠지만 저도 살닿는 것이 싫었어요. 진한 향수 냄새도 너무 역겹고요."

그는 한 여자와의 결혼 생활을 상상도 못했던 일로 끝을 냈다.

어머니는 얼마간 고향집으로 내려가지 않고 아들을 보살폈다. 상심했을 아들을 위해 열 일 젖혀 놓고 곁에 있어 준 것이었다. 어머니는 또다시 많은 여자들의 사진을 들이밀며 선 자리를 주선하려 애썼다. 그는 한 번 데인 상처 때문인지 결혼에 대해 흥미도 관심도 보이지 않았다.

"엄마, 나 이대로 너무 편하고 좋아요. 당분간만 엄마랑 이렇게 살아요."

"이눔아, 엄마가 평생 네 곁에 있는 다더냐? 나, 가고 나면 누구 손에 밥 얻어먹을래?"

어머니가 챙겨주는 음식, 빨래 등 어느 것 하나 불편할 것이 없다는 것도 결혼이 절실하지 않은 이유였다. 그는 공무원으로 열심히 일에 전념하는 것이 즐거웠고 자유롭게 여자들과 데이트를 하는 것으로도 충분히 행복했다. 딴 동료들이 아내의 지나친 간섭에 시달리고 아이들 교육비에 쪼들리며 바둥바둥 살아가는 모습이 안타깝기조차 했다.

"어머니의 인생을 저는 한 번도 생각해 본 적이 없었어요. 제가 편한 것만 알았지 그 연세에 고향집과 서울을 오가며 살림을 꾸리기가 얼마나 힘드실지 신경도 안 썼습니다. 어쩌다 사람 그립고 아들이 보고파서 찾아오셔도 매일 밖으로만 나돌 뿐 같이 식사 한 끼 하지 않았습니다. 바쁘다는 말을 입버릇처럼 달고 살았지요. 그 말에 어머니는 '어서, 가서 일해라' 고 등을 떠밀었습니다. 술 마실 시간은 있어도 어머니와 주거니 받거니 대화 한 번 정답게 나눌 시간을 내지 못했습니다. 일거리가 태산인 시골집을 두고 와서 하릴없이 우두커니 아들을 기다리는 일이 얼마나 어머니에게 고욕인지 알려고도 하지 않았습니다. 아들이 아침을 안 먹고 나가니 어머니는 혼자 아침을 드셨을 테지요. 저녁도 늘 동료들과 밖에서 술 한 잔 마시는 걸로 때우고 들어왔으니 당연히 혼자 드셨겠죠. 당당하고 씩씩한 여장부 어머니도 외롭고 사람이 그리운 연약한 여자라는 사실을 전 까맣게 잊고 살아왔던 겁니다. 그분은 꿈과 사랑을 몽땅 나에게 주셨는데 저는 제 꿈도 사랑도 혼자 독차지하고 혼자 누리고 있었습니다. 그래도 불평 한 마디 않으셨지요."

조직 생활에 대한 회의를 느낀 김 선생은 스스로 사퇴서를 제출하고야 고향집에 내려가 어머니와 밥상을 마주했다. 고향에 내려가서 보았던 어머니는 힘이야 옛날만 못해 보였지만 여전히 여장부임에 변함이 없었다. 어쩌다 식사 도중에 어머니가 숨넘어갈 듯이 기침을 하면 '기침이 심하시네. 왜 그 지경이 되도록 병원엘 안 가셨어요? 오늘 꼭 병원에 가 보세요.' 하고 퉁명스레 한 마디 하고 올라오는 것이 고작이었다. 어쩌다 생각나면 불쑥 전화 걸어 형식적으로 안부 묻는 것을 큰 선심 쓰듯 했다.

"병원 다녀오셨어요?"

"그래. 약도 지어오고 심할 때 흡입하는 기계도 주더라."

기껏해야 전화로 그러고는 그뿐이었다. 공무원을 그만두고 친구와 함께 새 사업 계획을 추진하던 시기여서 정신적 여유가 없었다. 검진 때문에 서울에 올라오신 것을 알면서도 바쁘다는 핑계로 병원에 한 번 같이 간 적 없었다. 뭐든 혼자 척척 알아서 잘하시는 어머니라서 당연히 혼자 알아서 하려니 했다. 그래서 어머니의 천식이 심각한 줄도 몰랐다. 병원을 다니는 도중에 변을 당한 것이었다. 천식 발작으로 호흡 곤란을 일으켰을 때 정확한 응급처치만 했어도 어머니를 살릴 수 있었다는 의사의 말에 가슴을 치고 통곡해도 소용이 없었다.

"제가 그렇게 형편없는 놈입니다. 반평생을 오로지 나 하나만 바라보고 사신 어머니에게 천식이라는 고질병 증세가 있는지도 몰랐던 불효자식입니다. 나 자신밖에 모르고 어머니께 무관심했다가 어머니의 생명줄을 놓쳐버린 자식입니다. 천식은 발작 순간이 고비인 것도 전혀 몰랐습니다. 그 좋아하던 고향집을 두고 그래도 아들이라고 제 곁으로 찾아와 제 곁에서 가셨습니다."

김 선생이 어린 아이처럼 서럽게 소리 내어 울며 고개를 숙였다.

"아버지 옆에 어머니를 모셨지요. 고향 땅에 어머니를 묻던 그날 비가 내렸습니다."

김 선생이 겨우 울음이 진정되는 목소리로 이야기를 계속했다. 그날을 잊을 수 없다고 했다.

아버지 곁에 어머니 관을 내려놓고 흙을 채워나갔다. 묘 짓는 사람들은 익숙한 솜씨로 봉분을 만들었다. 봉분을 올리고 떼를 입히자 가랑비가 촉촉이 내려 무덤을 적셨다. 떼 입히던 일꾼들이 잔디 잘 자라 좋겠다며 시시덕거렸다. 그러나 나이 많은 어른들은 이러다 비가 많이 오면 흙이 흘러내려 봉분이 무너지겠다고 걱정이 컸다.

"아무래도 마을에 내려가서 비닐을 구해 오게. 봉분에 덮어 씌워야겠네."

김 선생은 어른들 말에 비닐을 구하러 산을 내려와 자동차를 몰고 마을로 들어섰다. 친한 사람도 없으니 어디 가서 비닐을 구하나 난감해졌다. 문득 '아, 어머니한테 가서 구해 달라면 되겠구나.' 하고 집 앞에 차를 댔다. 텅 빈 집으로 들어서는 순간 '참, 어머니 무덤에 덮을 비닐을 구하러 왔지' 하고 정신이 번쩍 들었다. 다리에 힘이 풀리면서 그는 마당에 맥없이 주저앉아 목 놓아 울었다. 어서 비닐을 가지고 무덤으로 올라가야 한다는 생각에 눈물을 닦고 빈 집안을 둘러보았다. 집 한 켠 마늘 밭떼기에 버려진 폐비닐이 눈에 띄었다. 폐비닐을 거두어 산으로 올라가 어머니 무덤에 덮었다. 뗏국 줄줄 흐르는 폐비닐을 이불삼아 덮고 계신 어머니를 뒤로 두고 돌아서면서 김 선생은 콧물 눈물 흘리며 울었다. 옛날 장에 가시는 어머니를 따라가겠다고 울던 그 울음 그대로.

"지난 일을 너무 자책할 필요는 없어요. 그것도 김 선생 어머니의 운명일지 누가 압니까? 진작 본인이 '나에게 이러한 지병이 있다' 고 말씀하셨어야지요."

유한열 박사가 김 선생을 위로하며 '어머니' 라는 단어에 울컥 눈가가 뜨거워진다.

"그러실 분이 아니었습니다. 자식이 알아주지 않으면 어머니들은 고통을 먼저 말하지 않는다는 것을 이제야 알았습니다."

"맞아요. 다 참아내는 것이 어머니라는 존재인 가 봐요."

안 사장이 모처럼 맞장구를 쳤다.

"오히려 그런 상처가 있기 때문에 노인들을 더 잘 보살필 수 있을 겁니다. 어머니 뜻대로 독거노인 복지관을 맡아 주세요."

용만 씨가 김 선생의 울음이 잦아들기를 기다려 유언을 받들 것을 권유했다. 그러나 김 선생은 세차게 고개를 흔들었다.

"여러분은 제 심정을 모르실 겁니다. 오죽하면 어머니 그렇게 되시자 제가 거의 일 년 이상을 폐인처럼 살았겠습니까? 제 팔에 안겨서 가시던 어머니의 모습과 감촉이 생생해서 견딜 수가 없었습니다. 여기 제 심정을 너무나도 잘 표현한 시가 있어서 가지고 다닙니다. 한 번 돌아가면서 읽어 보세요."

김 선생은 양복 안주머니에서 곱게 접은 시를 꺼내어 사람들에게 돌려보라고 건넸다.

삼남에 비 내리면

우재욱

삼남에 비 내린단 소식 들리면
텅 빈 채로 빗물에 젖어간다.
가슴 한 켠에 기운 고향집 오두막

빈 냉장고 하나 혼자 숨 쉬고 있을
부엌 방 벽 틈새로
빗물이 새어 들고 있진 않는지.

어머니 살아계시던 이태 전만 해도
사립문 열고 들어서면
내 유년의 나날들이 일제히 달려 나와
토막토막 늘어서며
그때 그 세월로 펼쳐지던 곳.

안마당 잡초도 비에 젖고 있겠지
어머니 마지막으로 담가놓은 장독대

울 넘어 던져진 고지서며 독촉장
어디선지 날아온 소식들도 젖고 있겠지

한 달 사이로 통장에서 빠져나가는
전기료 몇 천 원
가끔 날아오는 재산세 고지서로
가슴에 닿아있는 고향집 오두막

삼남에 비 내린단 소식 들리면
가슴 속에 웅크린 내 유년의 일막일장이
하염없이 비에 젖어 떨고 있다.

그가 내민 시를 돌려 읽으며 김 선생 어머니의 임자 잃은 고향 집이 눈에 선했다. 모두의 가슴을 촉촉이 적셨다.

"아직 저는 어머니가 사시던 고향집을 처분하지 못했습니다. 차마 없앨 수가 없어서입니다. 그것마저 없애면 어머니를 제 곁에 서 영원히 떠나보내는 것 같아서요. 친척들이 가끔 둘러 봐 주고 계시지요. 어머니 죽음을 지켜본 저로서는 이제 또 다른 노인의 죽음을 지켜보고 싶지 않습니다. 제 죽음만큼은 후회 없이 준비하 고 싶습니다. 지금 시작해도 시간이 바쁜 나이라는 걸 저는 압니 다. 서울 집이 정리되는 대로 곧 어머니 계시던 고향집으로 내려

갈 생각입니다."

　그는 끝내 욕쟁이 할머니의 유언을 받들지 않았다.

제9 장

자식에게도 어머니의 분신임을 깨우쳐 주고
어머니의 어머니를 공경하게 하라

"**예**원엄마에게는 어떤 유언을 남기셨는지 말 해 봐요."

삼십대 후반의 예원엄마는 끝내 아무 말도 하지 않을 작정인 것 같았다. 용만 씨가 그녀의 눈치를 살폈다. 아직 마음의 결정을 내리지 못한 탓으로 보였다.

"어째야 좋을지 아직 판단이 안서서 이러고 있어요."

예원엄마는 고민스러운지 자꾸 흘러내린 앞머리만 만지작거렸다.

"그럴수록 여러 사람들과 이야기를 나누다보면 자연스레 결정이 되기도 하지. 어디 속사정을 들어보자고."

역시 정막달 씨는 분위기 메이커였다. 막달 씨의 너스레에 예원엄마는 망설이던 마음은 뒤로 둔 채 유언장을 공개했다.

"우선 할머님은 한 아이를 입양하라는 말씀을 남기셨어요."

"입양을?"

용만 씨가 놀라 되물었다. 아직 젊은 예원엄마에게 아이를 입양하라는 것이 무슨 뜻인지 납득이 가지 않아서였다.

"생전에도 할머니는 제가 너무 자식 사랑에 목숨 건 사람 같다고 걱정을 하셨었어요. 제 어머니에 대해서 할머님이 알고 계셨거든요."

"예원 외할머니에 대해서라니?"

김 선생은 예원 외할머니를 몇 번 본 적이 있어서 유달리 관심이 쏠렸다.

"제 어머니는 친어머니가 아니세요. 절 어릴 때 입양해 여태 길러 주신 분이세요."

예원엄마는 자신이 입양아라는 사실을 사람들 앞에서 처음으로 공개했다. 그녀도 대학에 입학하고야 그 일을 알았다고 한다.

대학 합격자 발표가 나던 날, 축복하듯 온 천지에 흰 눈이 펄펄 내렸다.

"축하해. 우리 딸."

"축하한다. 재희야. 오늘 저녁에는 합격 파티를 해야겠다."

아버지는 직장에서 전화로 합격을 축하해 왔고 어머니는 바삐 장을 보러 나섰다. 온몸에 눈을 하얗게 뒤집어쓰고 장을 보아온 어머니는 온 집안에 음식 냄새를 피우며 요리를 만들었다. 아버지는 퇴근길에 플라스틱으로 된 파란 크리스마스트리를 사왔다.

"작년에는 고 삼이 되는 집이라고 크리스마스를 쥐 죽은 듯이 조용히 보냈으니 금년에는 좀 떠들썩하게 보내자꾸나."

"오빠도 있었으면 좋을 텐데."

미국으로 유학 가 있는 오빠가 없는 것이 못내 아쉬웠다. 어머니가 저녁상을 차릴 때까지 아버지와 딸은 트리에 장식을 달았다. 공부에서 해방된 기쁨과 대학생이 된다는 기쁨에 그녀는 날아갈 것처럼 신이 나 있었다.

"아빠, 우리 크리스마스 캐럴도 틀어요."

맛난 음식에 와인으로 축배도 들고 미국으로 국제 전화도 하며 화기애애한 저녁을 보냈다. 설거지까지 마치고 식구들이 다시 거실에 모여 앉았다.

"우리 재희 금년에 주민등록증도 나왔고 대학에도 합격했으니까 이제 다 컸지?"

어머니가 과일을 깎는 중에도 한 번씩 대견하다는 표정으로 딸을 쳐다보았다. 어머니가 빙빙 말을 돌리며 뭔가 하고픈 말을 하지 못하고 쭈뼛거렸다.

"그래서 말인데…… 오늘 너에게 할 말이 있단다."

결국 아버지가 어머니의 말을 받아 이었다.

"네가 알고 있어야 하는 일이야."

"무슨 말인데? 하기 힘든 말인가 보네. 괜찮아요. 말씀하세요."

부모의 표정이 너무 심각했다. 재희는 두려운 마음을 감추기 위해 오히려 가볍게 받아 넘겼다. 좋은 이야기는 아닌 것이 분명했다.

　"실은…… 너를 낳아준 부모님은 따로 계시다는 말을 하려는 거야."

　아버지의 말이 입 밖으로 떨어지자 어머니는 과일 칼을 내려놓았다. 손이 떨려 더 이상 과일을 깎을 수 없는 것 같았다. 재희는 귀를 의심했다. 갑자기 머릿속이 하얗게 비면서 아무 생각도 들지 않았다. 충격적이라고 느끼지도 못할 만큼 충격적이었다. 그저 멍하니 두 사람의 얼굴만 쳐다보았다. 남의 이야기를 하고 있는 거라는 생각이 들었다.

　"그 사람들은 누군데요?"

　자신과는 관계없는 사람들 이야기처럼 그녀도 무심하게 건성으로 묻고 있었다.

　"우리도 그건 알 수 없어. 들은 적도 만나본 적도 없으니까. 입양 기관에 올 때 생년월일이 적힌 쪽지만 아기 포대기에 남겨져 있었다더라. 우린 입양 기관에서 정식 절차를 밟아서 널 입양한 거야. 백일도 안 된 너를 데려와 이름을 지어 주고 백일잔치를 해 주었단다."

　아버지는 성의를 다해 조심스럽게 이야기를 들려주었다. 재희는 재미있는 드라마 스토리를 듣는 것처럼 '예, 예.' 하며 귀를 기

울었다. 어머니는 근심스러운 눈빛으로 자주 재희를 살폈다. 충격을 받은 기색도 놀라워하는 기색도 엿보이지 않았다. 그 사실이 어머니 눈에는 신기하고 이상했다.

"오늘 이 이야기를 하는 건 우리 부부가 널 데려오던 날 약속한 게 있어서야. 대학에 합격하는 날 모든 사실을 말해 주자고 말이야. 본인의 인생을 본인만 모르고 산다는 것은 옳은 일이 아니라고 생각해. 혹시 나중에라도 남을 통해서 알게 되면 그야말로 되돌릴 수 없는 충격이 될 거야. 달라질 것은 아무 것도 없다. 단지 네가 알고 있어야 하고 스스로 받아들여야 해. 우린 변함없는 너의 부모고 넌 우리 예쁜 딸이야."

"오빠도 알아요?"

"그럼. 널 안고 오던 날 재현이가 얼마나 좋아했는데. 그때 재현이는 다섯 살이었어."

"왜 아기를 입양했어요?"

"재현이를 낳고 딸을 하나 갖고 싶었는데 오년이 지나도록 아기가 생기지를 않아서 입양을 결심했던 거야."

태연스레 부모님과 일문일답을 하는 재희는 자신이 스스로도 대담하게 느껴졌다.

"재희야, 네 감정 억지로 숨길 필요는 없어. 쉽게 받아들이기 힘든 것도 알아."

"지금은 뭐가 뭔지 잘 모르겠어요. 아무 느낌도 없어요. 갑자기

만우절에 엄마 아빠가 절 놀리려고 장난을 치고 있는 기분이에요. 금방 '놀랬지롱?' 하면서 다 거짓말이라고 말해 줄 것만 같아요."

"그런 일이라면 우리도 얼마나 좋겠니?"

"잘 알았어요. 저 그만 제 방에 가도 되죠?"

"그래. 너무 깊이 생각하지 말고 '그동안 못다 잔 잠이나 자자.' 하고 잠들도록 해."

어머니가 재희의 방까지 따라와 잠자리를 살펴준 뒤 방문을 닫아주고 나갔다. 재희는 이불을 뒤집어쓰고 잠자리에 들었다. 문제는 막 선잠이든 것 같은 그때 일어났다. 재희가 칼날에 찔리는 것 같은 비명을 계속적으로 질러댔다. 너무 담담하던 재희를 걱정하며 잠자리에 들려던 부모님이 재희의 방으로 뛰어들었다.

"재희야, 무슨 일이야?"

그들이 딸 가까이 다가가자 재희는 이불을 꼭 끌어안은 채 그들의 접근을 막았다.

"가까이 오지 마. 오지 마. 날 갖다 버리려고 그러는 거지?"

재희가 눈을 휘둥그렇게 뜬 채 땀을 뻘뻘 흘리며 마구 헛소리를 했다. 환영을 보듯 겁에 질린 시선으로 부모를 보았다.

"정신 차려. 엄마야. 나 엄마라니까."

어머니가 달려들어 재희를 끌어안고 딸을 마구 흔들었다. 아버지가 물병에서 컵에 물을 따라 재희에게 억지로 마시게 했다. 악몽을 꾸다가 아직 잠에서 제대로 깨어나지 못한 모양이었다. 물을 입가로 흘리며 드디어 재희가 울기 시작했다.

"이게 무슨 일이니? 어쩐지 너무 태연스럽더라니. 이 일을 어쩌면 좋아."

어머니도 재희를 끌어안고 엉엉 울었다.

"당신까지 왜 이러나? 아이를 진정시켜야 할 판에."

아버지가 딸과 함께 울고 있는 어머니를 꾸짖었다.

"좀 더 있다가 기회를 봐서 말하자니까 기어이 내 말 안 듣고 이게 무슨 일이래요. 애가 충격을 받아서 이러는 거잖아요."

아버지 꾸지람에도 아랑곳 하지 않고 어머니는 원망 섞인 푸념을 늘어놓으며 서럽게 울었다.

"언제 겪어도 한 번은 겪을 일이야. 빨리 받아들이고 빨리 적응하는 게 재희한테는 더 좋을 수도 있어. 곧 괜찮아질 거야."

한소동이 벌어지고 며칠 지나면 잠잠해질 줄 알았던 재희의 악몽은 쉬 가라앉지 않았다.

매일 잠들기 전 재희는 악몽 같은 현실에 소리치며 발작하곤 했다. 결국 고등학교 졸업식에도 대학 입학식에도 참석하지 못하고 정신과 치료를 받아야 했다. 어머니는 아무런 준비 없이 아이의 출생에 대해 말해 버린 아버지를 계속해 원망했고 아버지는 근본적으로 자신은 원하지 않았던 입양을 굳이 강행한 어머니에게 그 책임을 돌렸다.

"혹 애 엄마가 정신적으로 병약했던 여자 아니야? 그깟 일로 정신을 놓아버리다니 말이나 돼?"

"그깟 일이라니요? 얼마나 충격을 받았으면 애가 저지경이 됐겠어요?"

"그러니까 내가 뭐랬어? 어떤 부모에게서 태어났는지도 모르는 아인 처음부터 싫다고 했잖아. 당신이 끝끝내 우겨서 벌어진 일이니까 당신이 책임져."

"걱정 말아요. 재희 재롱에 세월 가는 줄 모르고 좋아하던 사람이 누군데 이제 와서 딴 소리야."

두 사람은 서로를 원망하며 싸웠다. 그들의 갈등이 최고조에 달했을 때 아버지는 회사에서 발령을 받아 아들이 있는 미국으로 해외 장기 근무를 떠났다. 어머니는 정신이 들어왔다 나갔다 하는 재희를 끌고 유명하다는 정신과 병원이면 어느 곳이라도 찾아다녔다. 미국으로 들어간 지 오래지 않아 아버지는 영주권을 가진 여자와 열애에 빠졌다는 소문이 들려왔다. 그 얼마 뒤 아버지는 그곳에 눌러 앉기로 했다는 연락을 보내왔다. 오빠는 아버지와 미국에, 어머니는 입양한 딸과 함께 한국에 각각 흩어졌다.

"어머니 덕으로 저는 정상으로 돌아왔어요. 제가 정상인으로 돌아오자 대신 어머니는 힘들거나 외로울 때마다 은근히 저를 원망하는 눈치예요. 저 때문에 남편을 잃었다고 생각하니까요. 그것이 부담스러워 저는 심통이 나면 한 번씩 어머니와 말다툼을 벌이곤 해요. 그러면 안 되는 줄 알면서도 속이 뒤집어질 때가 있어요."

예원엄마는 어느 친엄마도 그렇게 지극정성으로 딸을 거두지는 않았을 것이라 생각하면서도 어머니보다는 자식이 먼저였다. 어머니 용돈에는 인색하면서 딸의 학원비는 아끼지 않고 지불했다. 피아노 학원, 영어 학원, 암기 학원, 보습 학원. 남이 다니는 학원은 다 보내고 싶어 안달이었다. 생모로부터 버림받아 입양이 되었다는 열등의식이 뿌리 깊이 박혀 있는 탓에 자식에게 쏟는 열정이 병적이었다. 자기 아이만은 누구에게도 뒤지지 않게 최고로 만들어 주고 싶었다. 부모 잘못 만나 성공하지 못했다는 말은 듣고 싶지 않았다. 욕쟁이 할머니는 이런 예원 엄마에게 딸한테 하는 반만큼만 어머니한테 신경을 쓰라고 충고하곤 했었다. 자식이 자식을 낳고 자식은 또 부모가 된다. 입양해서 키워 준 부모의 공을 알려면 아이를 하나 입양해서 키워보라는 할머니의 속 깊은 뜻이 담긴 유언이었다. 대신 입양해서 키우는 아이한테 들어가는 비용은 후하게 지불하겠다는 조건이 붙어 있었다.

　　"혜택을 받은 만큼 베풀라 하셨어요. 우선 제 딸에게도 할머니 공경하는 법을 가르치라고 하시네요. 백 번 지당한 말씀이에요. 우리 어머니는 저 때문에 일생을 망쳤는데 저는 제 새끼밖에 모르니 벌 받을 거예요."

　　"깨달았으면 된 거요. 남의 나라로 입양되어 가는 내 나라 아이들을 국내에서 입양하자는 캠페인도 벌이고 있잖아요. 이참에 좋은 일 한다 생각하고 할머니 유언을 받아들여요."

유한열 박사는 자신이 아직 결정하지 못한 이유와 똑같은 이유로 유언을 받들지 어쩔지 망설이고 있는 예원 엄마에게 조언을 서슴지 않았다.

"과연 제가 해낼 수 있을까요? 데려온 아이에게 죄만 짓게 될까 봐 겁나요. 우리 어머니처럼 키워낼 자신이 없어요."

"제가 감히 예원엄마에게 이렇게 말 할 수 있는 것은 저도 방금 제 결정을 내렸기 때문이에요. 책임을 진다는 일이 두려워서 여태 마음을 정하지 못했었는데 한 번 해 볼랍니다. 할머니는 이 많은 사람들을 다 책임지고자 하셨는데 우리가 그것도 못한대서야 말이 됩니까? 우리 함께 해 봅시다."

용만 씨가 화색을 밝히며 유한열 박사에게 목례를 보냈다.

"박사님, 결정해 주셔서 감사합니다. 어머니도 기뻐하실 겁니다."

그는 유한열 박사에게 악수를 청했다.

"왜 이러십니까? 저를 더 부끄럽게 만들지 마세요."

분위기에 용기를 얻은 예원엄마의 볼이 붉어져 한 마디 덧붙였다.

"예원이보다 더 잘 키우겠다는 약속은 못하겠어요. 꼭 예원이만큼만 키워낼게요."

예원엄마가 드디어 결심을 굳히고 입양 할 것을 선포했다.

"그럼 유언장 받은 상조회 회원은 다 공개하신 건가요?"

용만 씨가 좌중을 둘러보았다. 빠진 사람은 없어 보였다.

"제가 알기로는 할머니가 만드신 상조회 회원이 열 명인 걸로 알고 있는데요."

유한열 박사가 고개를 갸우뚱거리며 이의를 제기했다.

"열 명이 맞죠. 할머니까지 딱 열 명 아닙니까?"

안 사장이 들고 있던 명단을 '하나, 둘, 셋……' 하며 인원을 체크했다.

"아니, 저도 그게 좀 이상합니다. 할머님은 자칭 본인은 상조회 고문이라고 하셨는데 고문은 회원이 아니라는 말씀이거든요."

김 선생도 유한열 박사와 같은 생각이라고 동조했다.

"그럼 한 사람이 더 있다는 말인데 그게 누구란 말입니까? 왜 그 사람은 명단에 없는 거지요?"

"늘 열 명이라 하셨으니까 할머니까지 열 명인 게 맞아요."

다들 한 마디씩 거들었다. 할머니까지 열 명이라는 말이 맞을 거라고 주장하자 모두들 그렇게 결론 내리기로 했다.

"어머니 외에 다른 사람이 있었다면 어머니는 제게 연락하라는 명단을 주셨을 겁니다."

용만 씨도 어머니로부터 다른 사람 이름을 들어 본 적이 없다고 했다.

"변호사님, 혹시 어머니의 유언장이 더 있습니까?"

"예. 한 사람이 더 있습니다."

이철두 변호사가 유언장 하나를 손으로 들어보였다.

"그게 누굽니까? 물론 이름을 밝히실 거죠?"

"당연히 밝혀야지요."

"누군데요?"

"그 사람은…… 바로 접니다."

"예?"

사람들 입에서 동시다발적으로 소리가 터져 나왔다.

제 0 장
어머니의 말씀이
나의 앞길을 밝혀주는 진리라 믿고 따르라

이 철두 변호사의 대답은 의외였다.

그가 할머니의 상조회 회원이었으리라고는 아무도 예측하지 못한 일이었다. 단지 할머니의 유언을 법적으로 처리할 변호사로만 생각했던 것이었다. 상조회 사람들은 경조사가 있을 때마다 할머니의 부름을 받고 동네에서 서로 자연스레 만나왔기 때문에 안면이 있었을 뿐이었다. 그렇다고 할머니가 명단을 정식으로 공개한 적도 없었다. 어쩌면 그다지 놀랄 일이 아닌데도 그들은 많이 놀라워했다. 그동안 공개되지 않은 인물이어서만은 아닌 성싶었다. 이 어마어마한 프로젝트를 어떻게 그렇게 감쪽같이 도맡아 계획하고 의논해 왔는가가 더 놀라웠다. 최근 들어서는 수시로 유언장을 수정하고 보완했다지 않는가. 사람들이 무엇을 궁금해하는지 이미 알고 있는 사람처럼 그가 본론부터 공개했다.

"할머니께서 저를 키우시고 공부를 시켰습니다. 저는 할머니 작품인 셈입니다."

"예? 어머니가요?"

그 말에 정작 놀란 것은 할머니의 친아들인 용만 씨였다. 매일 그야말로 24시간 붙어있다시피 살아온 어머니가 언제 아이를 키우고 공부를 시켰다는 것인지 이해가 가지 않았다. 친아들도 대학에 안 보내면서 이철두는 변호사로 만들어 놓다니 기가 찰 노릇이었다.

"어머니와는 언제부터 인연을 맺었습니까?"

용만 씨는 자신이 알지 못하는 이철두를 인정할 수 없다는 표정으로 심문을 하듯 물었다.

"형님보다 사년 뒤였습니다."

이철두 변호사가 깍듯이 형님이라는 호칭을 사용하자 용만 씨는 당황하는 기색이 완연했다.

"진작 인사를 드리고 싶었지만 어머님이 말리셨습니다. 아직은 때가 아니라고. 형님이 워낙 어릴 때 어머님이 저를 거두기 시작했으니까 형님은 절 알 수가 없었을 겁니다."

"그럼 어디서……."

용만 씨의 말꼬리가 점점 흐려졌다. 상대방이 형님이라 부르는데 존칭을 쓰기도 어색하고 그렇다고 갑자기 하대를 하기도 어려운 상태였다.

"저는 형님이 네 살 때 할머니 집 앞에 버려졌답니다. 미혼모였던 제 생모가 할머니 식당 앞에 저를 갖다 놓은 거지요. 빨간 핏덩이였다더군요. 물론 제 생년월일과 어머니의 나이, 태어난 곳까지 상세히 적은 메모를 남겼고요. 편지도 한 통 들어있었습니다. 저도 제게 남겨주신 유언장을 오늘 처음 열어보았습니다. 아마도 다른 변호사를 통해 작성된 것 같습니다. 저는 오늘에야 그때 아기의 생년월일과 함께 동봉되었던 제 생모의 편지를 읽었습니다."

어떤 일이 있어도 흐트러질 것 같지 않던 이철두 변호사의 목소리가 흔들리고 있었다.

"제 이름이 왜 철두인지 아십니까? 철두철미하게 살라고 이철두랍니다. 욕쟁이 할머니다운 발상이지요. 저는 제 생모의 편지를 지금 이 자리에서 공개하려 합니다. 그것이 이 편지를 여태 간직하고 계셨던 강 여사님의 뜻이 아닌가 생각합니다."

어느 누구하나 움직임을 보이는 사람이 없었다. 숨을 죽이고 있다는 표현이 적절한 분위기였다. 그가 목청을 두어 번 다듬은 다음에 편지를 읽기 시작했다.

"아주머님께 감히 부탁 말씀 올립니다. 저는 열아홉 살의 대학 일학년생입니다. 제가 너무나 흠모하던 교수님의 아이를 가졌을 때 저는 정말 기뻤어요. 어떻게든 아기를 낳아 훌륭하게 잘 키우려고 마음을 먹었습니다. 그러나 현실은 그리 만만치 않더군요. 제일 먼저 제 부모님이 저를 병원에 끌고 가려해서 아기를 지키려면 집을 나와야 했고요. 집을 나오니 당장 갈 곳도 없고 돈도 없어 거리를 헤맬 지경에 처했어요. 부모님이 학교 앞을 지키고 있으니 물론 학교에 갈 수도 없었지요. 아이의 아버지 되는 교수님을 찾아가 입장을 곤란하게 만들 생각은 추호도 없었습니다. 선생님은 제가 아이를 가진 사실조차 모르고 있습니다. 어느 수녀님의 도움으로 아기를 낳을 때까지 잘 견뎠습니다.

아기가 태어나자 수녀님은 아기를 입양 보내야 한다는 것입니다. 저는 제가 알지 못하는 사람에게 아기가 입양되는 것을 허락할 수가 없었어요. 그래서 아기를 안고 그곳을 나와 아주머님께 데려 오게 되었습니다. 저는 아주머님의 이야기를 제가 있던 곳의 수녀님에게서 들었습니다. 숨어서 좋은 일을 많이 하시는 분이라고요.

아주머님, 인간으로서는 할 수 없는 짓을 저지르고는 있으나 아기의 어머니인 저나 아버지 되는 제 선생님이나 이상한 사람들이 아닙니다. 이 죄는 평생을 속죄하며 갚아 나가겠습니다. 저는 어디에서건 아주머님을 위해 기도하고 축복드릴 겁니다. 아주머님께 직접 그 보답을 하지는 못하더라도 맹세코 저 같은 어려운 사람에게 빛이 되는 일을 하겠습니다. 아직 아기의 이름을 짓지 않았습니다. 누구든 아기의 부모 되실 분이 이름을 짓도록 하는 것이 예의라 생각되어서입니다. 이 은혜는 잊지 않겠습니다. 잘 거두어 주세요. 아기 엄마 올림."

이철두 변호사는 간혹 목이 잠기기는 했지만 그 편지를 끝까지 또박또박 읽어 나갔다. 편지 내용만 보아도 여대생 아기 엄마의 성품이 드러나 있었다. 그 당시 자기도 젊은 아기 엄마였던 강필녀는 여대생의 편지를 믿어도 좋다는 생각을 했을 것이다.

"더 놀라운 일은 강 여사님이 십 년 전에 제 생모를 찾아냈다는 사실입니다. 저에게도 여태 숨겨왔던 일을 이 유언장을 통해서 밝히셨어요."

그가 내내 흥분을 감추지 못하고 음성이 떨리던 이유를 사람들은 그제야 알았다.

"미혼모 수용소를 운영하게 된 것도 제 생모 때문이었답니다. 지금 현재 미혼모 수용소를 운영하고 있는 분이 제 생모라고 하십니다. 가끔 만날 기회가 있었는데 저는 그 분이 제 생모인 줄은 꿈에도 몰랐습니다. 그 분도 티를 내지 않았고요. 편지 내용대로 어머니는 결혼도 않고 평생을 미혼모들을 위해 봉사하며 사셨던 겁니다."

"세상에…… 다들 독한 사람들이네."

여자들이 혀를 찼다.

"할머니는 누구 손에서 변호사님을 키우셨대요?"

역시 정막달 씨였다.

"장사 시킬 놈이 아니라고 판단하셨는지 식당 근처는 얼씬도 못하게 하셨지요. 어릴 때는 가정교사 겸 유모를 붙여주셔서 주택

가에 살았고 중학교 때부터는 기숙사가 있는 학교를 골라 절 입학
시키셨어요. 방학 때는 유모가 사는 집에서 강 여사님을 만나곤
했어요."

"할머니가 자신을 친엄마라고 하셨나요?"

"그럴 분이 아니시잖아요. 초등학교 때 '왜 나는 엄마 식당에
가면 안 되는 거냐?'고 물었던 적이 있었어요. 그때 말씀하셨지
요. 넌 아주 훌륭한 부모님 사이에서 태어난 녀석이라 곱게 잘 키
워야 되기 때문이라고. 자연스럽게 생모가 아님을 밝히신 거죠."

사람들은 웅성웅성 제각기 이야기를 주고받으며 술렁거렸다.
도대체 할머니의 존재가 얼마나 대단한 힘을 지녔는지 두렵기까
지 하다는 것이 공통된 생각이었다.

"변호사님은 할머니의 모든 것을 다 알고 계시겠지요?"

유한열 박사가 단도직입적으로 묻겠다며 돌발 질문을 던졌다.

"어떤 측면을 말씀하시는 건지요?"

"할머니의 힘이라고 해야 할까요?"

차마 '할머니의 부의 축적에 대해서'라고는 말하지 못했다.

"강 여사님의 재산과 그밖에 관여하고 계시는 단체 등을 말씀
하시는 거겠지요?"

"뭐 말하자면 그런 셈이죠."

"구체적으로 말씀드리기는 좀 이릅니다. 왜냐하면 이렇게 갑작
스럽게 떠나시리라고는 예측하지 못했기 때문에 그 데이터를 다

뽑지 못한 상태입니다. 한 가지 제가 정확히 알고 있는 것은 모두 다 강 여사님 혼자의 힘으로 이루어내셨다는 것입니다."

이 변호사는 사람들의 의아스러운 눈빛을 읽었다.

"오로지 국밥 장사 하나로 어떻게 그런 큰 재산을 만들었는지 궁금하실 겁니다. 강 여사님은 밥장사에서 남는 돈으로는 사회사업에 쏟아 부었고 건물 임대료나 목욕탕에서 들어오는 수입은 모두 펀드에 투자를 하셨습니다. 하늘이 도와 강 여사님이 투자하는 펀드마다 대박이 났던 겁니다. 판단력이 정확하셨지요. 최근 강 여사님이 투자 금을 모두 회수하자마자 거짓말처럼 곧바로 증권은 하한가도 못 미치는 수준으로 곤두박질을 쳤습니다. 펀드가 한창 시세가 좋던 시절 아무 대가도 바라지 않고 불쌍한 사람들의 숙소로 사들였던 변두리 집들이 여러 채 있었습니다. 그 집이 들어 서있던 땅이 개발계획에 따라 금싸라기 땅이 되면서 값이 천정부지로 치솟았지요. 그런 곳이 한두 군데가 아니었고 여기저기 흩어져 있었는데 어느 날 다 돈이 된 겁니다. 땅을 조금씩 떼어 팔고 그 돈으로 그 자리에 새 건물을 짓고 새 시설을 해 나간 겁니다. 어떤 땅은 그 바로 옆에 구청이 새로 들어서면서 돈 덩어리가 된 땅도 있었습니다. 강 여사님은 어느 누구에게도 말하지 않았어요. 행운과 선행에는 항상 시기심이 뒤따라 다닌다고 하셨습니다. 좋은 일은 하늘도 모르게 땅도 모르게 해야 한다는 것이 강 여사님의 철학이었지요."

194

모두들 입을 다물지 못했다. 매일 오천 원짜리 국밥 손님들한테 욕하고 고함치며 큰 국자를 흔들어대던 욕쟁이 할머니. 사십 년을 국자로 국밥 국물이나 떠 담던 욕쟁이 할머니에게 그런 재주가 있을 줄 누가 알았겠는가?

　"제가 가까이 모시면서 느낀 점은 강 여사님께는 보이지 않는 거대한 어떤 힘이 작용하고 있다는 것이었습니다. 그것이 하늘의 힘이든 하나님의 힘이든 부처님의 힘이든 아무튼 그런 힘 말입니다. 그 큰 힘이 오늘까지 강 여사님을 이끌어 오셨습니다. 진심을 다해 베풀고 사셨기 때문에 그런 복을 주신 거라고 생각됩니다. 그걸 본인도 아셨고요."

　이철두 변호사의 일장 연설이 끝날 즈음 날이 훤하게 밝아왔다.

　욕쟁이 할머니는 화장해서 북한 땅이 훤히 내다보이는 산 위에 유골을 뿌려달라고 유언을 남겼다. 어느 곳에도 자신의 흔적이 남지 않게 해 달라고 당부도 하셨다.

　"유언장을 보니 이번 어머님의 장례식에 상주는 저 혼자가 아니었네요. 우리 모두가 상주인 겁니다."

　용만 씨가 말하자 모두 그 뜻에 동의했다.

　"아무리 할머니 당부가 그렇다고 해도 기념비 정도는 세워야 하지 않겠어요?"

　정막달 씨가 의견을 내놓았다. 박씨가 제일 먼저 찬성의 뜻을 밝혔다. 김 선생은 할머니가 가장 애착을 가졌던 독거노인 보호소

앞마당에 동상을 만들자고 제안했다. 안 사장은 구청과 상의해서 구민공원에 동상을 세워야 한다고 주장했다. 승호 학생과 예원 엄마는 어른들의 결정에 따르겠다고 물러나 앉았다.

"제 말을 좀 들어 보시죠. 강 여사님은 틀림없이 이런 말이 나올 것을 예상하셨던 것 같습니다. 제 유언장에 적힌 한 구절을 읽어 드리겠습니다."

이 변호사가 목청을 가다듬었다.

"철두야, 명심하여라. 내가 살아온 인생이 말하듯이 난 있는 듯 없는 듯 살다가 그렇게 스러지고 싶었다. 한 사람의 힘보다는 열 사람의 힘이 세상을 좀 더 빨리 움직일 수 있을 것 같아 열 사람의 인연을 묶어주고 가는 것뿐이니 네가 책임지고 이 장례식을 조용히 끝내주기 바란다. 내 사진 한 장도 남기지 말고 다 이승에서 걷어다오. 이것은 내 자문 변호사가 끝까지 수행해야할 의무이며 내 마지막 명령이다. 알겠지? 널 믿는다."

이 변호사는 읽기를 끝내고 유언장에서 눈을 떼지 못했다. 자신의 유언장만은 다른 변호사를 불러 작성했을 강필녀 여사의 철저함이 가슴에 와 닿아서였다.

"이런 사정이니 제가 여사님의 유언을 차질 없이 받들어 모실 수 있도록 도와주십시오. 형님도 동의하시지요?"

"그게 우리 어머닌걸. 정말 끝까지 어머니다운 유언을 하셨네. 어머니의 마지막 소원대로 해 드립시다."

용만 씨가 최종 결정을 내리자 모두들 서운한 표정이었지만 어쩔 수없이 따르기로 했다.

　발인 식은 식당 주변을 한 바퀴 도는 것으로 간단히 끝이 났다. 동네 사람들이 모두 대문을 열고 나와 할머니 마지막 가는 길을 배웅했다.

마지막 장
울엄마교의 탄생

할머니 유골을 산 위에 뿌릴 때 부슬부슬 실비가 내렸다. 굳이 우산을 찾아 쓸 정도는 아니었지만 사람들을 묘한 슬픔에 잠기도록 만들기에는 충분했다. 모인 사람들이 소리죽여 눈물을 흘렸다. 할머니의 존재가 사라짐이 서러워서만은 아니었다. 각각 다른 자신들의 지나온 삶이, 자신의 어머니에 대한 아픔이 서러웠던 것이다. 그 중 정막달 씨가 가장 서럽게 오래도록 울었다.

장례식을 마치고 문상객들과 헤어져 식당으로 돌아왔을 때 열 명의 상주는 모두 허탈감에 빠졌다. 각자의 가정으로 혹은 일상으로 돌아가야 하지만 이대로는 너무 허망하고 서운해서 그냥 헤어질 수 없다는 공감대가 형성되었다.

"동상도 기념비도 못 세우는데 욕쟁이 할머니를 모시는 모임이

나 종교라도 하나 만들어야 되는 거 아니에요?"

승호가 힘 빠진 사람들을 돌아보며 진지하게 제안을 했다. 그 때 등을 벽에 기대고 길게 늘어져 있던 김 선생이 눈을 빛냈다.

"그래. 바로 그거야."

평소에 진중하기로 소문난 김 선생이 전혀 그답지 않은 목소리로 흥분해 일어섰다.

"자, 이리들 모여 봐요."

맥이 빠져 있던 사람들이 귀찮다는 표정으로 그에게 얼굴을 돌렸다. 계속 밤샘을 한데다가 너무 많은 충격적인 일들이 벌어져서 인지 사람들은 거의 탈진한 상태였다.

"어머니를 사랑하는 모임을 만듭시다."

김 선생이 앞장섰다.

"차라리 어머니를 신앙으로 삼는 종교를 만드는 것이 어때요?"

승호가 제안했다.

"종교? 사이비 종교?"

유 박사가 승호를 돌아보았다.

"사이비 종교면 어때요? 누구한테 피해를 안 주면 되는 거죠. 또 우리끼리 종교라 부르는 거지 다른 사람에게 전파할 것도 아니고요."

"맞아요. 어머니를 종교화 하는 것은 어쩌면 가장 바람직한 일일지도 몰라요."

장사라 씨가 논리정연하게 이론을 펼쳤다.

"신이 모든 곳에 있을 수 없기에 어머니를 만들었다고 하잖아요. 어머니만큼 설득력 있는 종교도 없을 거예요. 할머니를 보면서 여러분도 저처럼 느낀 점이 많으실 줄 믿습니다. 자신들의 어머니를 생각해 보세요. 얼마나 헌신적이고 무한한 사랑을 자식들에게 베푸셨는지. 크나크시다는 하나님도 어머니가 자기 자식한테 하는 것만큼은 하지 못해요. 어머니 종교가 존재하지 말라는 법이 없어요."

"그런데 왜 아직 그런 종교가 없었을까요?"

예원엄마가 장사라 씨에게 궁금증을 물었다.

"그건 어머니의 사랑은 당연한 것이라고 생각하기 때문이죠. 우리 모두의 공통점은 각별하고 헌신적인 어머니를 가지고 있다는 점이었어요. 우린 비뚤어지거나 빗나갈 수 있는 상황에서 어머니의 힘으로 제 궤도를 찾아 돌아왔지요. 때로는 그 시기가 어긋나 어머니를 잃은 다음에야 후회를 하는 경우도 있지만 마음속의 어머니는 다 용서하시잖아요."

"아우 말이 맞아요. 마음이 괴로운 것은 불효한 본인 자신이지 어머니가 아니었어요."

정막달 씨가 후회어린 표정으로 장사라의 말에 동조했다. 아우라는 말만 나오면 항상 눈꼬리를 올리던 장사라 씨가 막달을 향해 웃어준다.

"좋습니다. 모두의 뜻이 그러니 우리끼리 마음의 종교를 만들어 봅시다. 신도 강령이나 계율은 법을 잘 아는 이 변호사가 만들어 주시오."

유한열 박사가 어머니 종교에 관한 회의를 하자고 본격적으로 발 벗고 나섰다.

"교주는 누가 되는 거죠?"

"각자의 어머니가 되는 거지요."

"현실적으로 눈에 보이는 교주가 있어야 될 것 아닙니까?"

"신도만 존재하는 종교도 나쁘지 않을 것 같은데요."

용만 씨는 그들이 하는 말을 열심히 귀담아 들었다. 과연 말이 되는 소리를 하는 건지 감정이 격해진 상태에서 오버하고 있는 건지를 자기만이라도 정확히 판단해야 할 것 같았다. 그들은 사흘 밤을 새웠고 수많은 문상객들을 맞았다. 게다가 발인 전 날 있었던 유언장 공개에서 생각지도 않았던 충격적인 이야기들이 계속적으로 쏟아져 나왔다. 용만 씨는 그들이 지금 정상적인 정신 상태가 아닐지도 모른다는 생각이 들었다. 자기 자신도 어쩌면 비정상적인 정신 상태에 있을지 몰랐다. 이 사람들을 말려야 된다고 생각하면서도 그들 속으로 빠져들었다. 이철두 변호사까지 열변을 토하고 있었다.

"사회는 썩어가고 있습니다. 절대자가 없어진 겁니다. 옛날에는 성직자를 믿었고 대통령을 믿었고 선생님을 믿었습니다. 그러나 이제 그 누구도 믿을 수가 없는 세상이 됐습니다. 이런 시점에도 어머니는 예나 지금이나, 젊으나 늙으나 변함이 없습니다. 이것이 종교가 아니고 무엇이겠습니까? 저는 이런 종교야말로 진정한 종교라고 말하고 싶습니다."

그의 성향이 맡은 임무만 수행하는 스타일인 줄 알았는데 의외로 어머니 종교에 관한 소신이 남달랐다. 오래 전부터 준비해왔던 사람처럼 보였다. 웅변조의 이 변호사 말에 사람들은 서서히 동조하며 분위기가 고조되는가 싶더니 급기야는 그를 교주인양 떠받들었다. 용만 씨는 '어머니는 영원한 마음의 안식처' 라든가 '어머니는 마음의 고향' 이라는 상투적인 말이 곧 쏟아져 나올 것이라 예상했다. 아니나 다를까. 박씨의 입에서 그 말이 튀어나왔다.

"언제라도 돌아갈 곳은 어머니 품뿐이라고 했잖유."

"우리가 어머니를 신앙으로 삼자는 것은 어쩌면 바른 사회를 만들어가자는 말과 다를 것이 없어요. 그러니 거부 반응을 일으킬 이유가 없는 거지요."

"이건 전파를 해야 합니다."

안 사장도 가만있지 않았다. 갑자기 전염성이 강한 바이러스에 감염된 사람처럼 순식간에 어머니 종교에 감염된 것 같았다.

"자, 모두 찬성하시는 거죠?"

마지막 의사를 묻는 김 선생의 발언으로 어머니 종교를 만들자는 뜻은 만장일치를 본 셈이었다. 종교 이름과 계율과 신도 강령을 만들어 다시 모이자는 말이 나왔으나 이철두 변호사는 말이 나온 김에 오늘 종교 서약식을 마치고 헤어지자고 주장했다.

"무슨 일이건 말 나왔을 때 시작을 해야 성사가 되는 법입니다. 다음으로 미루고 보면 그땐 흐지부지 되고 맙니다. 강 여사님께 받은 사랑의 보답으로는 이만한 선물이 없을 것 같습니다. 최고의 선물이 될 것입니다."

"일리가 있는 말씀입니다. 우리가 할머님께 받은 크나큰 은혜를 이렇게 작은 마음으로나마 표현할 수 있어 다행입니다."

안 사장도 오늘 결론을 짓자고 맞장구를 쳤다.

"승호가 가장 아이디어가 반짝거릴 나이니까 종교 이름을 지어 봐."

이 변호사는 제일 먼저 실마리를 잡아준 승호에게 기대를 걸었다.

"제가 한 번 지어봤는데요. 모신교 어때요? 어미 모, 믿을 신."

예원엄마가 자신 없는 목소리로 의견을 냈다.

"귀신 신자를 쓰지 않고 믿을 신자를 쓴다고요? 종교에는 귀신 신을 써줘야지."

김 선생이 고개를 흔들었다.

"그야말로 어머니를 믿는 종교가 되는 거죠. 귀신 신을 쓰면 어머니 종교가 되는 거고."

"글쎄······."

승호가 종이에 무엇인가를 긁적거리다가 중얼거렸다.

"어머니 진리교. 엄마 진리교. 뭐 이런 게 괜찮지 않아요?"

모두들 입으로 소리 내어 두 가지를 되뇌어 본다.

"엄마 진리교가 입에 붙는 것 같은데······."

유한열 박사가 몇 번이고 곱씹어 보다가 말했다.

"그게 나은 것 같아요."

"엄마 진리교, 엄마 진리교. 괜찮은데?"

이철두 변호사뿐 아니라 대개의 사람들이 엄마 진리교에 찬성 표를 던졌다.

"울엄마교는 어때요?"

예원엄마가 다시 아이디어를 냈다.

"울엄마교, 울엄마교······."

모두들 무슨 주문처럼 '울엄마교'를 읊조렸다.

"좋아요."

"좋네요."

"좋습니다. 일단 우리의 종교를 가칭 '울엄마교'라 명명합니다. 두고두고 더 좋은 명칭이 나오면 그때 바꾸기로 하고 일단 오늘은 '울엄마교'를 탄생 시킵시다. 우리는 '울엄마교'의 신도로써 한 형제가 되는 겁니다. 어떻습니까?"

이철두 변호사의 들뜬 목소리에 힘이 실려 있었다.

"좋습니다."

한 사람도 빠짐없이 무슨 합창곡처럼 쾌히 형제임을 승낙했다.

"그리고 보니 정말 우리는 할머님이 맺어준 형제가 됐네요. 형제님들! 잘 해 봅시다."

김 선생이 감동스러운 얼굴로 사람들에게 외쳤다. 모두 상기된 얼굴로 서로를 쳐다보았다. 할머니가 따뜻하게 베풀어준 나눔에 대해 감사하는 마음을 그렇게라도 표현하는 것에 만족해했다. 그들은 누가 먼저랄 것도 없이 손을 잡았다.

욕쟁이 할머니의 장례식은 그렇게 끝났다.

〈끝〉

'물엽마교' 대표 신도 10인의 사모곡(思母曲)

여자 중에 여자, 우리 어머니

김을동(국회의원)

"댓돌 위에 네 신발 가지런히 벗어놓는 거 보는 게 이 엄마 소원이다."

참, 소원치고는 소박하고, 소원치고는 너무 작다고 모두들 말 할 것이다.

그것이 천하의 선머슴 같은 말괄량이 외동딸을 키운 우리 어머니의 소원이었다.

여자 중에서도 천생 여자였던 어머니 눈에 하나 있는 외동딸이 제 아비 꼭 닮은 무늬만 여자이니 오죽 속이 탔을까.

사람들은 내가 착한 짓을 하면 '장군의 손녀' 라 하고, 못된 짓을 하면 '깡패의 딸' 이라 했다. 나에게 '깡패의 딸' 이라는 말을 듣지 않게 키우려고 그렇게 애달아했던 어머니 심정을 이제는 안다. 딸이 '나비야, 산토끼야' 를 배우기 전에 독립운동군가부터 배우는 것을 어머니는 가슴 아파 하셨다.

"김두한의 무남독녀 외동딸, 김을동"

사람들은 김을동의 아버지가 '김두한' 이라는 것은 알아도 어머니가

'이재희'라는 것은 거의 모른다. 아니 별로 알려고 하지 않는다는 표현이 옳겠다.

64세의 나이로 1984년에 돌아가셔서 이제 내 곁에 계시지 않지만 나는 어머니만 생각하면 가슴이 콱 막혀온다.

글쎄 그걸 슬픔이라고 해야 할지 죄스러움이라고 해야 할지 잘 모르겠다. 슬픔도 죄스러움도 초월한 향수라고 함이 더 적절한 표현 같다. 그리움이 분명하지만 단지 그리움만이 아니기 때문이다. '우리 엄마'라는 생각을 하면 앞도 뒤도 생각하기 전에 가슴이 탁 막히면서 눈시울이 뜨끈해져 온다.

어머니 이재희 여사는 전주 이씨 왕가의 혈통을 이어받은 양반 집 규수였다.

해방 바로 전 해인 1944년. 일본군이 정신대에 끌고 가기 위해 대한민국 처녀들을 마구잡이로 트럭에 주워 싣던 때였다. 그때 스물 한 살이던 어머니는 언제 정신대에 끌려갈지 몰라 불안에 떨고 있었다. 마침 안동 김씨 양반 댁인 독립운동가의 아들에게서 청혼이 들어왔다. 병신만 아니면 시집을 보내자던 이씨 댁 어른들은 급한 마음에 신랑 얼굴 한 번 안 보고 결혼을 서둘렀다. 결혼식장에서 사람들이 숙덕거렸다. '신랑이 깡패래.' '깡패한테 과분한 신부다'라고. 어머니는 그 당시 '깡패'라는 말이 무슨 말인지 몰라 신랑이 깡패라는 직업을 가진 남자인 줄 알았다고 한다. 그 남자가 바로 이재희 여사의 남편 김두한이었다. 신랑은 27세, 신부는 21세의 나이로 부부의 연을 맺었다.

김좌진 장군을 시아버지로 드세고도 드센 장군 부인을 시어머니로 모시게 된 것이다.

결혼 다음해인 1945년 일본으로부터 해방이 되었다. 그해 내가 태어났다. 을유년이었고 을년(年)의 을자를 따서 을둥이(을동)라 이름을 지었다.

어머니의 고생은 그때부터 시작되었다.

남편은 단란한 부모님 밑에서 정상적인 가정교육을 받으며 성장한 사람이 아니었다. 아버지 김좌진 장군은 독립 운동을 하느라 밖에 나가 살았고 어머니는 그런 남편 뒷바라지로 정신없이 살았다. 사랑도 받아본 사람이 준다는 말이 있듯이 아버지 김두한은 아내와 자식이 있는 가정에도 룰이 있음을 전혀 인식하지 못했다. 나가고 싶으면 나가 며칠이고 떠돌다가 들어오고 싶으면 아무 때고 불쑥 집으로 돌아왔다. 집 나갔다가 10년 만에 들어오면서도 당당하게 들어서는 아버지나 아침에 나갔던 남편에게 하는 것처럼 '이제 오세요?' 하고 맞는 어머니나 모두 이해하기 힘들었다. 그렇게 가정을 팽개쳐 두고 다니는 사람이 가족들의 생활비를 챙길 리 만무다. 가계를 꾸리는 몫은 어머니 차지였다.

양반가 안채에서 곱게 자란 여인네가 무엇을 하겠는가. 어머니가 시작한 것은 삯바느질이었다. 바느질 솜씨가 좋은 것도 죄이던가. 어머니는 30년 넘게 삯바느질로 생계를 삼으셨다. 시할머니(나에게 증조할머니), 시어머니(나의 할머니) 모시고 한 달에도 몇 번씩 봉제사(조상들의 제사) 지내가며 삯바느질로 살림을 꾸렸다. 증조할머니가 생존해 계실 때 삼청동 집에는 나까지 여자 4대가 살았다. 호랑이 같이 무섭고 준엄한 시어머니를 모시고 얼굴도 볼 수 없는 남편을 기다리며 어머니는 그렇게 사셨다. 할머니 돌아가시고 어머니가 3년간을 아침저녁으로 상망 제사를 지내는 것을 보고도 나는 그 당시 그것이 당연한 일인 줄 알

왔다.

어디 그뿐인가. 아무리 통신 시설이나 정보 매체가 형편없는 시대였지만 그래도 어떻게 소식은 다 흘러들었다. 들리는 소식마다 '김두한이 어느 기생과 살림을 차렸다더라.' '어느 기생과 단꿈에 젖어 지낸다더라.' 하는 말뿐이었다. 아버지가 한창 잘 나갈 때도 어머니는 그 영광을 누리지 못했다. 그러다 감옥에 갔다는 말이 들려오고 얼마 뒤 아버지의 부하가 찾아와 그 소식을 전했다. 그가 감옥에 들어가자 그 많던 첩들이 모두 아버지를 떠났다. 어머니는 그 좋은 솜씨로 아버지의 솜바지 저고리를 지어 감옥으로 찾아갔다. 아버지도 깨달은 바가 있었는지 감옥에서 나와 10년 만에 곧바로 집으로 들어왔다. 아버지가 그 수많은 여자들과 즐기고 살았지만 조강지처를 버린다는 생각은 하지 않았던 것이 신기하다.

어머니는 우리 일국이와 송이를 초등학교 마칠 때까지 키워 주시고 가셨다. 그때도 변함없이 딸 걱정을 하며 살았다. 초등학교 4학년인 어린 송이에게도 나를 부탁했다.

"송이야, 네 엄마를 잘 챙겨라. 뭘 제대로 먹고나 살지 모르겠다."

음식이고 바느질이고 여자가 하는 일은 아무 것도 할 줄 모르는 딸이 항상 걱정이었다. 반면에 송이는 어머니를 그대로 빼닮아 여자다운 아이였다. 그러니 할머니가 손녀에게 딸을 부탁할밖에.

나는 어머니에게 수없이 많이 매를 맞았다.

"제발, 사내아이처럼 굴지 말고 여자답게 행동하라는데 왜 이렇게 말을 안 듣니?"

회초리가 부러지도록 맞아도 돌아서서 2시간만 지나면 싹 잊어버리는 골통이 바로 나였다. 어머니가 손이 부르트도록 삯바느질해서 버는 돈을 나는 온갖 구실로 거짓말을 해서 돈을 뜯어갔다. 아무리 힘들어도 책 산다는 말에는 제일 먼저 돈을 마련해 주는 어머니의 약점을 이용했다. 하루는 '전과지도서'를 산다하고 하루는 '표준전과'를 산다하고 또 하루는 '수련장'을 산다하며 돈을 타갔다. 그 돈을 손에 쥐면 달려 나가 연극하는 곳에 가져다 풀었다. 고등학교 때부터 연극에 미쳐 다니던 나는 돈이 절실하게 필요했다. 어머니는 바느질에서 헤어나지 못했다.

아버지 돌아가시고 어머니는 10여년을 더 우리 곁에 계셨지만 못난 딸이 어머니를 위해 해드린 것이라고는 아무 것도 없었다.

아니다. 어머니를 위해 제일 큰 것을 해드리기는 했다.

아버지와 살았던 여자들이 자기가 조강지처인양 나서서 어머니를 첩으로 몰아붙인 음모를 밝히고 어머니가 조강지처임을 이 딸이 만천하에 밝혔으니까. 어머니의 명예를 찾아드린 것이다.

결국 어머니가 돌아가신 지병도 30년 동안 맡아온 가스 중독 때문이었다. 만성가스중독으로 인한 운동신경 이상으로 돌아가셨다. 바느질로 옷을 지으려면 인두질을 해야 하고 인두질을 하려면 숯불 화로를 바로 옆에 피워 놓아야 했다. 그 가스를 하루도 아니고 30년씩 맡으셨으니 병이 안 걸리는 게 오히려 이상할지도 몰랐다.

어머니!

어머니의 잔소리, 어머니의 회초리, 어머니의 꾸지람이 그 당시에는 아무 소용없었지만 이제야 새록새록 가슴에 파고드니 이 일을 어찌합니까? 눈물만이 쏟아집니다.

그래도 어머니, 딸이 가문의 피를 이어받아 부끄럽지 않은 사회인으로 어깨를 펴고 삽니다. 이제 제 걱정 다 잊으시고 편안한 세상을 누리소서.

아직 현관 앞에 신발을 가지런히 벗어 놓을 줄은 모릅니다. 어머니의 그 작은 소원은 평생 못 들어드릴 모양입니다. 용서하세요.

울우리엄엄마사!사랑합니다

♡ 울엄마교의 대표신도 김을동은…

김좌진 장군의 손녀이자 현직 국회의원이다. 엄마 역할 전문 배우이기도 했던 그녀는 요즘 아들 송일국과 딸 송송이의 엄마로서 평생 아버지 김두한의 그늘에 가려있던 엄마의 존재에 대해 새삼 절감하는 중이다.

생전에 효도를 다하지 못한 자식을 용서하옵소서!

김세영(의학박사)

낡은 앨범을 뒤적이다 1940년대에 해운대 경주 등지에서 찍은, 빛바랜 흑백사진이 눈에 들어왔다. 신혼의 부모님 사진이었다. 세월의 무상함을 새삼 실감한다.

누구나 다 그러하겠지만 고인이 되신 어머니를 생각하면 언제나 죄스러움부터 앞선다. 생전에 자식 노릇을 제대로 못했기 때문이다.

내가 기억할 수 있는 가장 먼 과거는, 다섯 살 무렵 집에 도둑이 들었을 때였다.

온 집안에 소동이 벌어지고 모두 겁에 질려 벌벌 떠는 소란 중에서도 어머니는 제일 먼저 나부터 얼싸안으셨다. 돈과 금은보화는 다 뺏겨도 나를 뺏길 수는 없다는 뜻이었을 것이다. 그때 안아 주시던 어머니의 편안하고 아늑한 품이 아직도 아슴푸레 느껴진다. 그 당시 아버지는 부산 서면에서 섬유공장을 운영하고 계셨다. 내가 초등학교에 입학할 무렵 인척의 빚보증으로 공장이 부도가 나고 경제적인 어려움이 닥쳤다.

섬유공장을 처분하신 후 아버지는 한전에 몇 년간 근무하셨다. 외갓집이 있는 일광의 마을에 인근 다른 지역보다 앞서서 전기가 들어와 멋

216

진 턱 수염을 가진 외조부님이 기뻐하시던 모습이 아직도 생생하게 기억이 난다. 아버지는 다시 사업을 하시려고 한전을 퇴직했으나 뜻대로 되지 않아 살림살이가 궁핍하게 되었다. 초등학교 5학년 무렵에는 청과시장에서 과일 장사를 하였는데, 깨지고 뭉개져서 상품 가치가 없는 과일을 마음껏 먹을 수 있는 재미로 방과 후에는 가게에 자주 나가곤 하였다.

부산의 전포동 산비탈 판자촌에 살게 된 중학교 시절, 어머니는 부업으로 말분가루 반죽을 토끼 똥처럼 토막토막 잘라서 기름에 튀겨 '다라이'에 이고 다니며 동네 구멍가게에 팔러 다녔다. 팔고 남은 과자로 우리 5남매는 좋아라하며 과자파티를 하였다. 어쩌면 다 팔 수 있었는데도 남겨 왔을지 모를 어머니의 과자였다. 그런 철없는 우리들을 뒤에서 눈물을 글썽이며 보고 계셨다.

그 시절에는 집집마다 토끼를 많이 길렀다. 아카시아 잎을 따다 먹이고 청과시장에 가서 배추 잎을 주워서 먹였다. 어미 토끼가 되자 어머니는 토끼고기를 백숙처럼 요리해 주셨다. 처음에는 귀엽던 토끼를 생각하면 도저히 토끼고기를 먹을 수가 없었다. 먹기를 망설이다가 어머니의 다그침에 마지못해 먹었던 기억이 난다.

겨울철에는 연탄가스에 중독되어 두통 때문에 학교도 가지 못한 적이 있었다. 어머니가 떠다 주신 동치미 국물을 마시며, 추운 날 방문을 열어놓고 하루 종일 누워 지내기도 하였다. 머리도 아프고 속은 울렁거렸지만 그래도 학교를 가지 않아도 된다는 것이 좋았던 철없는 시절이 너무 그립다. 산동네에 살았기 때문에 두 분은 밤중에 화장실 분뇨를 물지게에 담아 뒷산에 내다버리기도 하였다. 지금 생각해 보면 그 시절은 특별한 가정을 빼고는 모든 부모님이 자식들을 위해 고생스럽게 살 수밖에 없었던 시절이었다.

내가 고등학교에 진학한 후에는 아버지가 식료품상과 곡물 중개상을 하면서 조금씩 경제사정이 나아지게 되었다. 내가 의과대학 곧 본과에 진학하게 되는 겨울, 지방에 곡물을 수집하려 다니시던 아버지가 장티푸스에 걸려 입원을 하셨다. 원래 위궤양이 있으신 데다 장출혈이 생겨서 두 차례나 수술을 받았으나 끝내 운명하시게 되었다. 마지막 숨을 거두실 때 내가 병상을 지키고 있었다. 사람이 죽는 순간을 지켜보기는 처음이라 충격이 컸다. 나를 보호해 주던 세상에서 가장 든든한 버팀목이 무너지는 느낌이었다. 지금의 나보다 십년이나 젊은, 오십 세 밖에 되지 않는 아까운 나이의 죽음이었다. 그렇게 바라시던 의사 아들의 모습을 보시지도 못한 채 고생만 하시다 돌아가신 것이다. 슬픔보다 죄스러움이 더욱 컸다.

사십 여덟에 홀로 되신 어머니는 혼자서 곡물상회를 꾸려가셨다. 아버지가 하시던 일을 억척스럽게 해내셨다. 의대 본과 2학년 때는 일 년 휴학을 하고 가게 일을 도왔다. 결국 동생이 대학진학을 포기하고 곡물상회를 맡아서 하기로 하고 나는 복학했다. 그 후 어머니는 당뇨병이 발병해 고생하셨다. 부산 집에서 동생과 함께 장사로 가계를 꾸려나갔다. 서울에 잠간씩 올라오시긴 했지만 친구도 없고 특별히 할 일도 없어 매우 적적해 하셨다. 그래서 내 집에는 일주일 이상 계시지 못하였다. 내가 내과의사이지만 제대로 당뇨병 관리를 해드리지 못한 것 같아 또한 죄스럽다. 중년에는 비교적 뚱뚱한 체격이었는데 노년에는 점차 야위어 가셨다.

변비로 오래 고생하시다 칠순에 들어서 대장검사를 받은 결과 대장
암이 발견되어 서울에서 수술을 받으셨다. 오년 뒤에는 대장암이 재발
되어 두 번째 수술을 받았고 항문을 살리지 못해 장루수술을 받는 고
통을 치렀다. 말년에는 뇌졸중까지 생겨 반신불수로 일 년 남짓 서울
내 집에서 와병생활을 하셨다. 장루 청소를 손수 하지 못하고 나와 아
내에게 맡기는 것을 항상 미안해하셨다. 종국에는 오줌도 가리지 못하
게 되어 기저귀를 차고 음식도 제대로 먹지 못하게 되어 미음이나 영
양주사에 의존하게 되었다. 가끔 휠체어에 앉아서 베란다의 유리창 밖
을 보며 하염없이 눈물을 지으셨다. 때로 기저귀를 갈 때나 장루 청소
때 나는 짜증스런 구박을 하기도 했는데 그런 일들이 너무나도 후회가
된다. 야윈 몸으로 웅크리고 계시던 모습을 생각하면 좀 더 참지 못했
던 나 자신이 부끄러워진다. 끝내 79세에 운명하셨는데, 돌아가실 때
에는 체중이 불과 30kg 밖에 되지 않아, 피골이 상접한 상태로 어린
아이처럼 가벼웠다. 눈물을 멈출 수가 없었다. 어머니의 유언에 따라
화장해서 뼛가루를 산에 뿌렸지만, 아버지와 함께 모시지 못한 것도
언제나 죄스럽다.

　일제치하, 육이오사변, 가난, 병마 등의 고난을 운명처럼 받아들였던
어머니. 그런 중에도 좌절하지 않고 누구 원망하지 않고 꿋꿋이 살아가
신 어머니의 일생은 순종과 인내의 생이었다고 생각된다.

　어머님, 생전에 효도를 다하지 못한 죄인 자식을 용서하옵소서!

　　　울 엄 사!

♡ 울엄마교의 대표신도 김세영은…

성균관 의대 외래교수직을 맡고 있는 의학박사이다. 엄마로부터 물려받은 아름다운 성품이 그를 인술을 베푸는 의사로 만들었고, 사람들에 대한 애정을 인술로만은 채우지 못해 시인으로도 활동 중이다.

220

할머니를 어머니인 줄 알면서 자란 소년

최대희(외교관)

　찬바람이 불면서부터 오래 동안 만나지 못했던 노수민 선생님으로부터 전화를 받았다. 「울엄마 敎」라는 새로운 장편을 탈고 중에 있다는 밝은 소식에 섞어서, 나에게 그 소설 뒷켠에 어머니에 대한 소회를 쓸 수 있는 기회를 하사하겠노라는 선물을 내렸다.

　있지도 않고 기억에도 없는 어머니를 어떻게 쓰냐며 고사하고 나니, 평소 술동무하며 지내는 끈적끈적한 정을 생각하여 소설의 한 두 면을 장식할 영광을 주셨는데 선뜻 받아들일 입장이 되지못하여 죄송하였다. 그날 저녁 우리는 간만에 탈고주라는 급조주를 높이 들고 언제나처럼 새벽을 맞이하였다. 헌데, 오늘 노작가께서 "최 선생, 그거 내일까지 써줘야해" 하는 것이었다. 술잔만 잡으면 안 할 말 할 말 분간 못하고 뭐든지 "그럼, 그럼"하고 스스로 뛰어드는 불나비 신드롬이 또 나타난 것을 직감하고 가만히 고개를 끄덕이는 수밖에 없었다.

　유년기의 나는 작은 산골 마을에서 할머니를 어머니로 알고 자라났다.

어느 날 친정에 가시는 할머니를 따라 가겠노라고 동구 밖까지 울며 뒹굴며 치마폭을 잡고 늘어지다가 힘센 누구에겐가 잡혀 집으로 돌아온 그즈음에 나에게 어머니가 없다는 사실을 알았던 것 같다. 팔 남매에 손자들까지 둔 대가족의 안방 수장인 할머니는, 힘든 고생살이 속에서도 나를 돌봐 줄 사람 없는 '어미 잃은 자식'이라고 늘 아끼며 사랑해 주셨다. 나에게 할머니의 치마폭은 유일한 피난처였고 안식처였다.

내가 홀로서기를 시작할 무렵 할머니는 그리 많지 않은 나이로 세상을 뜨셨다. 너무나도 억울하고 억울하여 지금도 생각만 하면 눈시울이 젖어온다. 비록 십여 년 남짓한 동행이었지만 할머니는 이 세상 그 무엇과도 견줄 수 없는 나의 정신세계이다. 추운 겨울날 따끈따끈한 구운 감자를 주머니에 찔러 주시던 내 할머니는 나의 어머니이고 나의 믿음이고 신앙이다. 막연히 이것이 세상 사람들이 간직하고 있는 어머니에 대한 마음이리라 짐작한다.

십여 살이 지나서 할머니 그늘을 떠나 이곳저곳 거처를 옮겨 다니면서도 방학이 되면 할머니 곁에 갈 수 있다는 희망이 나의 유일한 삶의 의미이고 활력소였다. 친구 집에서, 친인척 집에서, 남의 집 곁방살이를 하면서도 같은 또래들이 받는 어머니의 특별한 사랑이 그리 부럽게 느껴지지 않았다. 고급스런 옷가지나 기름진 음식도 할머니의 빛바래고 때 묻은 무명 치마저고리의 푸근한 내음에 비할 바가 못 되었다. 그러면서 언제부터인가 나는 주위 아이들이 받는 부모의 사랑을 관조할 수 있는 여유를 가지게 되었다.

아, 내게 만약 그분이 안 계셨다면… 할머니가 대신 해준 마음의 어머니가 내 곁에 없으셨다면 오늘날 나는 푸석푸석한 영양 없는 인간이 되었을 것이 분명하다. 가끔 사람들이 내게 아직도 순수하다는 둥, 정이 많다는 둥 하는 말을 한다. 그것은 이 나이까지도 마르지 않도록 충분한 자양분을 내려주신 그 분 덕이다. 지금 이 시간에도 나는 그분을 끝없이 사랑하고 있다.

나는 스무 살이 넘은 두 아들을 지칠 줄 모르고 한결같은 마음으로 바라보며 사는 아내와 함께 살고 있다. 두 아들의 어머니이기 전에 내 아내였는데 요즈음은 아내이기 전에 두 아들의 어머니이기만 한 것 같다. 조금은 별나게 살아 온 나이기에 저 아이들과 그 어머니는 어떤 정신세계의 끈을 가지고 있을까 하고 간혹 생각해 보았다. 엄마와 아들이라는 모자관계가 근본적으로 크게 달라질 수야 없겠지만 현대 문명의 풍요로움 속에서 나타나는 그들의 모습이 크게 마음에 들지는 않았다. 우선 아이들이 어머니가 나누어주는 사랑의 베품을 당연한 의무로 받아들이는 듯이 보이며, 어머니는 아들의 삶을 대신 살아갈 듯이 과도한 관심을 쏟고 있다는 것이 그 이유이었다. 이제 자식들이 대학 교육까지 끝나고 성인이 되었기에 아버지인 나도 한 가족의 일원으로 그들과 친구같이 장난도 쳐가며 살고 싶다. 그러나 그들끼리의 철옹성 같은 벽을 내가 비집고 들어가기에는 이미 때가 늦었다는 것을 느낀다. 내가 이 가정의 허깨비가 되어간다는 것을 절감한다.

남자라는 이유로 절제되고 숨겨진 사랑에 익숙해져 버린 나는 자식을 놓고 벌이는 아내와의 경쟁에서 늘 완패를 당한다. 두 아들을 거느린 아내의 힘을 무시할 수 없게 되었다. 이제는 아내의 비위를 맞추며 왕따가 되지 않도록 노력하는 길만 남았다.

어머니라는 위치는 돈으로도 권력으로도 얻을 수 없는 지위라는 걸 실감한다. 또한 자식에게도 어머니라는 존재가 그만큼 든든하고 큰 백그라운드임을 인식한다. 백그라운드 없는 나도 아내를 어머니로 모시며 살아야 할까보다.

울 엄 사!

♡ 울엄마교의 대표신도 최대희는…

대한민국 외교통상부 소속의 외교관이다. 경남 봉화에서 태어나 면적삼과 검정고무신을 신고 산골짜기를 뛰어다니던 소년이 엄마의 사랑으로 훌륭하게 성장하여 이제는 나라의 머슴이 되었다.

세상의 한 어머니

이승하(교수)

2007년 2월 19일에 어머니가 돌아가셨다. 암세포가 췌장에서 폐로 간으로 전이되어 손쓸 수가 없었다. 향년 77세. 그리 오래 사신 것은 아니지만 어머니의 생은 고난으로 점철되었기에 편한 세상으로 가신 것이라고 애써 나 자신을 위로하였다.

경북 상주가 고향인 어머니는 일제 강점기 말기에 경성여자사범학교에 들어간 재원이었다. 1948년에 행해진 초대 국회의원 선거에 떨어진 외할아버지는 딸의 학비를 댈 수 없다고 선포하면서 학업을 중단시켰는데, 그때부터 어머니의 고난은 시작되었을 것이다. 1950년 4월 30일에 행해진 제2대 국회의원에 당선된 외할아버지는 서울에 있다가 6·25를 맞이하셨고, 이웃사람의 고발로 북으로 끌려가셨다. 선거자금을 댔다면서 빚을 갚으라고 몰려온 채권자들에게 재산을 다 내준 어머니는 처녀 가장으로서 외할머니와 여섯 동생의 학비를 벌기 위해 교사생활을 시작하였다. 졸업장은 없었지만 시험을 치러 준교사자격증을 딴 덕분이었다.

궁핍의 정도는 말 그대로 극빈이었다. 아침을 먹으면 점심 끼니를 때울 방도가 없는. 서울대 공대와 미대에 들어간 두 남동생의 3학년, 2학년 등록금을 마련해주지 못한 것은 어머니 평생의 한으로 남았다. 아르바이트 같은 것은 꿈도 못 꿀 1950년대였다.

궁핍은 시골 경찰서 경관이었던 남자와의 결혼으로는 벗어날 수가 없었다. 그나마 남편은 어느 날 경찰복을 벗고 실업자가 되고 말았다. 김천중앙초등학교 앞 문방구점 희망사의 문을 연 어머니는 30년 동안 어린 학생들을 손님으로 맞이하면서 공책과 연필을 팔았다. 처음에는 연탄난로를, 나중에는 석유난로를 피우면서 겨울을 났는데, 겨울마다 동상으로 고생하신 어머니를 기억한다. 저녁이면 다리가 퉁퉁 부어 "아이고 다리야, 아이고 다리야" 신음을 내뱉다 잠자리에 드시던 어머니를 기억한다.

슬하의 세 자식이 어머니의 마음을 편케 해 드렸을까. 장남은 서울대 법학과에 들어갔지만 사법고시에 도전하지 않고 문학도의 길을 걸어갔다. 장남이 법조인이 되지 않고 문학을 하겠다고 하자 아버지는 긴 세월을 광기에 사로잡혀 살아갔다. 차남인 승하란 놈은 고등학교를 두 달 다니고 집을 뛰쳐나가더니 4년 동안 학생이 아닌 신분으로 살아가면서 속을 썩인다. 잠을 못 이루는 병을 얻어 대학교에 입학하고서도 1년을 휴학한 끝에 다니는데, 대학생이 되어서도 계속 문제를 일으키는 골칫덩어리였다. 딸인 막내는 1985년에 병원에 입원한 이후 하루도 어머니의 마음을 편하게 해주지 않는 환자로서의 삶을 살아간다.

어머니는 10대 후반까지는 행복했을 것이다. 민족 전체가 식민지의 삶을 살아갔던 시대였으니 성장기도 그다지 행복하지 않았을지 모르지만. 하지만 20대로 접어들면서부터는 고생이란 것을 '지지리' 하다 가셨다. 어머니는 평생토록 몸의 어느 한 곳은 반드시 편찮으셨다. 하지만 아침이면 가게 문을 열고 밤늦게 문을 닫는 삶을 정확히 30년 동안 꾸려갔다.

영구차를 타고 화장터로 가면서 마음의 슬픔, 몸의 아픔이 없는 곳으로 가게 되었으니 잘된 일이라고 마음속으로 부르짖었으니……. 관이 화구 속으로 들어간 이후 시간을 보내면서 화장장의 하늘을 보았다. 처음에는 연기가 꽤 거무튀튀했는데 나중에는 하얀 색으로 변해가는 것이었다. 몸을 이루고 있던 살과 수분이 연기로 사라지는 광경은 장엄하였다. 내 손과 팔다리, 가슴도 언젠가 저렇듯 연기가 되어 사라질 것이다. 화장은 한 시간 남짓 만에 끝났다.

쇠침대를 끌어냈을 때, 아! 어머니는 내 눈앞에 하얀 뼈만으로 존재해 있었다. 가장 위쪽에 있는 둥근 바가지 하나—바로 해골이었다. 팔뼈와 다리뼈, 그리고 골반뼈를 보았다. 어머니의 팔과 다리는 여염집 여자의 팔다리가 아니었다. 공장노동자 이상으로 굵었다. 나는 장사에 여념 없던 어머니에게서 포근한 모성을 별로 느껴보지 못했다. 하지만 굵은 팔다리는 날씬한 여자의 팔다리보다 훨씬 아름다웠다. 그런데 내 눈앞에서 그 굵은 팔다리는 보이지 않고 하얀 뼈마디만 놓여 있는 것이었다. 태아인 나를 감싸 안고서 보호해주었던 골반뼈는 왜 그리 작게 보이는지…….

화장장의 화부 아저씨는 하루 평균 몇 구의 시체를 처리하는 것일까. 시종 아무 표정이 없었다. 어머니의 유골은 쇠로 만든 커다란 쓰레받기에 쓸어 담겼다. 분쇄기에 넣고 돌리니 어머니의 뼈가 금방 가루로 변하는 것이었다. 20년 전, 친구 박형희의 유골은 사람이 손으로 빻았는데……. 따뜻한 유골함을 받아 안았다. 함을 꼭 껴안았다. 생각해보니 나는 어머니를 꼭 껴안아본 적이 없었다. 어머니가 너무너무 보고 싶은 날이다.

울 엄 사!

♡ 울엄마교의 대표신도 이승하는…

검정고시로 고졸 학력 취득, 병으로 대학을 휴학하는 등 남다른 학창시절을 보냈다. 현재 중앙대학교 문예창작학과 교수이며, 시인과 문학평론가로서 왕성하게 창작활동을 하고 있다.

하루를 사흘로 쪼개 쓰신 어머니

우재욱(시인)

어머니는 세상을 하직하는 복이 많으셨다. 아들, 딸, 며느리, 사위, 손자, 손녀, 외손자, 손녀사위 등 당신 아래로 단 한 명도 빠진 사람 없이 지켜보는 가운데 조용히 숨을 거두셨다. 약 석 달 동안 병원에 입원해 계시다가 자신의 마지막을 직감하셨는지 집으로 가자고 하셨고, 환자용 침대와 매트리스를 들여왔지만 얼마 사용하시지도 못하고 돌아가셨다.

고향 선영 아버지 옆으로 모시고 나서 어머니의 한 평생을 가만히 더듬어 보았다.

어머니가 아버지를 만난 것은 정말 우연이었다. 지지리도 어렵게 살았던 일제강점기의 우리 민족이 다들 그랬지만, 당시 아버지도 가난으로부터 벗어나기 위해 나름대로 큰 뜻을 품고 일본으로 가서 그럭저럭 안정된 생활을 누리고 있었다. 고향 집에 일이 생겨 관부연락선을 타고 부산으로 와서 여객선으로 다시 남해 노량에 닿았다. 노량에서 고향 마을까지는 70리 길. 차가 귀하던 시절이라 걸어서 고향으로 가는 길에 우연히 어떤 아주머니와 길동무를 하게 되었다. 그 아주머니가 나의 외할머니셨다.

　길을 걸으면서 이것저것을 물어보고 따져보고 하신 아주머니는 바로 다음날 매파를 보내셨다. 집안이 너무나 빈한한 것이 마음에 걸리기는 했지만, 청년의 눈매가 예사롭지 않고 일본에서 자리를 잡았다니 앞길이 유망하다고 판단했던 모양이었다. 이렇게 해서 아버지와 어머니의 결혼이 추진되었고, 일본으로 돌아간 아버지께서는 고향 어른의 연락을 받고 다시 한국으로 나와 어머니와 혼례를 치렀다. 고향에서의 신혼 생활은 이레 동안이었다. 아버지는 일본에 가서 수속을 밟아 곧 데려가겠으니 조금만 고생을 하라는 말을 남기고 일본으로 돌아가셨다.

　그러나 어머니가 결혼 이레 만에 헤어진 남편을 다시 만나는 데는 5년이 넘는 시간이 기다리고 있었다. 제 마누라 데리고 가버리면 고향을 살피지 않을 수도 있다고 생각하신 집안 어른들은 어머니의 도일을 탐탁지 않게 여기셨기에 아버지의 약속은 자꾸 늘어지고만 있었는데, 그만 일본에서 강제징용에 끌려가고 만 것이었다. 아버지의 긴 징용생활은 동남아시아 곳곳의 전쟁터를 전전하며 이어지다가 결국 일본의 패망으로 끝이 났다. 당시 아버지는 인도네시아 보르네오 섬에서 종전을 맞았다. 그러나 미군의 포로가 되어 혹독한 수용소 생활을 견뎌내며 겨우 고향 땅을 밟은 것은 해방 이듬해였다.

　아버지는 어머니가 그때까지 혼자 시집살이를 하고 있을 거라고는 생각하지 않았다. 그러나 어머니는 연락도 끊어지고, 생사조차도 알 수 없는 전쟁터의 남편을 기다리고 계셨다. 그 다음해에 내가 태어나고 다시 세 해 뒤에 여동생이 태어났다.

　나는 어머니가 아니었으면 초등학교나 졸업하고 몇 마지기 안 되는 논밭뙈기나 부치면서 흙을 파는 촌부가 되었을 것이다. 어머니는 집안의 모든 것을 다 날리는 한이 있더라도 자식들 교육은 시켜야 된다는 신념이셨다. 당시로서는 드물게 교육을 받은 시골 아낙이었기에 그런 생각을 하셨으리라. 아버지는 외항선 기관장이었기에 1년에 한두 번 집에 오셨고, 오래 계셔봤자 보름 정도였다.

어머니는 아버지가 사주신 재봉틀 한대로 집안을 지키셨다.

내 어렸을 때의 기억으로는 우리 마을 80호 중에서 시계가 있는 집은 마을 참봉어른 댁 한 집뿐이었고, 재봉틀이 있는 집은 우리 집뿐이었다. 설이나 추석 명절이 가까워지면 이웃 마을에서도 우리 집으로 명절빔을 지으러 왔다. 낮에는 하루 종일 재단을 하셨고, 밤에는 흐릿한 호롱불을 달아놓고 밤새 옷을 지으셨다.

당시 어머니의 하루는 사흘로 쪼개 써도 모자랄 지경이었다.

농사일과 재봉 일, 게다가 마을 일까지도 맡아야 했다. 재종형이 마을 이장을 하고 있었는데, 이장을 찾아오는 손님을 모시는 집은 형님네 집이 아니라 우리 집이었다. 형님의 외출 준비도 언제나 어머니 몫이었고, 마을에서 벌어지는 대소사에도 어머니가 빠져서는 되는 일이 없었다. 당시 재건부녀회니 뭐니 하면서 면사무소에서도 찾는 일이 잦았고, 면내에서 벌어지는 부녀회 일도 맡지 않을 수가 없었다.

내가 초등학교 3학년 때, 무슨 일이었는지 어머니는 재봉틀을 학교 근처 옷집으로 옮겨 거기서 일을 하셨다. 그 일은 꽤 오랫동안 이어졌다. 아마 지금 같으면 단체복 비슷한 걸 만드셨던 것 같다.

어머니는 학교를 마치고 집으로 돌아가는 나에게 꼭 어머니가 일하는 가게로 매일 오라고 했다. 가게에서 일을 하시던 어머니는 나를 우물

가로 데려가 얼굴을 씻기고는 집에 가서 어디어디를 뒤지면 엿이 있을 테니 동생과 나눠 먹으라고 했다. 그런데 그 엿을 놓아두는 데가 매일 달랐다. 하루는 가게에 들르지 않고 그냥 가서 엿을 찾았으나 찾을 수가 없었다. 나는 그날 이후로 하루도 거르지 않고 어머니를 찾아가야만 했다. 동무들과 떨어지는 것이 싫었지만, 어머니를 찾아가지 않으면 엿을 먹을 수 없었기 때문이었다.

그 일을 생각하면 지금도 가슴 한쪽이 아려온다. 어머니는 매일 내가 보고 싶어서 엿으로 나를 끌어당긴 것이었다.

며느리래야 하나뿐이지만, 단 한 번도 역정을 내시거나 싫은 소리를 하신 적이 없었다. 손녀, 손자도 모두 당신 손으로 키우셨다. 할머니 품 속에서 자란 녀석들은 할머니를 끔찍이 생각했다. 어머니가 밤 11시쯤 숨을 거두었을 때 두 녀석은 대성통곡을 했다. 어머니가 세상을 하직하는 복이 있다고 생각해 보지만, 달리 보면 당신 스스로 그런 날을 택해 숨을 거두신 것같이 생각된다. 전주에서 치의과대학원에 다니는 손녀를 무척 기다리셨는데, 마침 사위와 함께 서울에 온 토요일 날, 여동생 내외와 생질까지 집에 다 모인 때를 기다려 어머니는 이제 눈을 감아야겠다고 생각하셨던 것 같다.

오늘도 아파트 1층 현관에서 비밀번호 버턴을 누른다. 어머니가 떠오른다. 서울에 오실 때마다 아파트 비밀번호를 잊어버려서 경비실로 찾아가시던 어머니. 어떻게 그게 그렇게 잘 외워지지 않는지 모르겠다시던 어머니. 1층 현관에서 버턴 키를 볼 때마다 목에서 울컥 뜨거운 것이 올라온다.

울 엄 사!

♡ 율엄마교의 대표신도 우재욱은…

퍽퍽한 인생을 사는 이 세상 사람들이 시를 통해 일상의 아름다움을 재발견
할 수 있기를 바라는 시인이다. 교편생활과 포스코 홍보실장을 거쳐 현재는
꿈이 가득한 기획사 '패스 커뮤니케이션'의 대표이다.

나는 잘살고 있응께 걱정 말고, 니들만 잘살면 되야!

강임성(공무원)

"난 많이 먹었응께 느그들이나 먹어라."

일흔 일곱, 자신의 생일상을 받으신 엄마가 숟가락을 빨리 물리시며 자식들에게 던지시는 말씀이다. 인생을 그리 사셨던 것처럼 오늘도 자식바라기는 멈춤이 없다.

엄마가 서른여덟 되던 해 밭에서 일하던 중 나는 태어났다. 아들을 낳은 후 내리 딸 넷을 낳으신 부모님은 아들에 대한 소망을 접지 않으셨고, 그 덕분에 내 손윗누이인 막내딸은 '말자'라는 이름이 붙게 되었다. 생각해 보면 딸 많은 어느 집이건 붙여대던 '말자', '끝자', '말순'……. 이런 이름들은 특효 처방의 마력이 있던 이름이었던 듯싶다. 결국 우리 부모님에게도 신통방통 효과가 있었고, 바라던 아들이 태어났으니 말이다.

우리 집은 오일장이 서는 전라도 시골 장터 방앗간이었다. 때문에 꼭 장날이 아니더라도 수시로 찾아오는 손님들과 농사일 탓에 부모님은 방

234

앗간과 논밭에서 하루를 보내시곤 했었다. 그렇게 힘겨운 하루를 보내시던 날들도 육남매 중 막내아들인 나의 응석을 못이기는 척 받아주던 분이 어머니셨다.

내 유년시절과 성장기 동안에 엄마는 언제나 가슴 한켠을 내게 열어두고 계셨던 듯싶다. 내 연배의 많은 '보통 엄마' 처럼……

누구나 그렇듯 생각만 해도 목이 메고, 세상에서 가장 미안하고 고마운 분이 엄마이다.

그런 기억의 조각들을 되돌아본다.

파장 무렵 부리나케 장터로 나가시던 엄마의 두 손은 언제나 보물 보따리였다. 싱싱한 생선부터 야채며, 옷가지 등. 엄마가 풀어 내놓는 물건들은 어린 나의 호기심을 가득 채워주기에 충분했고, 언제부턴가 장이 끝나갈 기미가 보이면 나는 방앗간 언저리에서 엄마의 시장 출정을 기다리는 즐거움으로 들떠 있곤 했었다. 파장 무렵의 장은 물건을 덤으로 받거나 깎을 수 있는 매력도 있지만, 내게는 사고 싶은 것들을 졸라살 수 있는 행운이 종종 주어졌기 때문이다.

그런 사고 싶던 물건 중 하나가 하얀 운동화였다. 빨간 황토 흙이 많던 시골길인 탓에 엄마는 흰색 운동화를 사주시는 것을 허락하지 않으셨다. 그러던 어느 장날 어머니가 신발가게 앞에서 멈추어 서서 하얀 운동화를 만지고 계실 때의 모습과 내게 내밀던 순간의 감격은 지금도 마음을 벅차오르게 한다. 물론 몇 번 신지도 못하고, 붉은 색으로 물들어

버린 운동화는 버리지도 신지도 못하는 애물단지가 되었지만 뒤돌아보면 가장 소망하던 것을 힘겹게 얻은 기쁨을 느꼈던 듯하다.

또 비가 내리던 어느 날이었다.

하교를 얼마 남지 않고 쏟아지던 빗줄기는 때로 나에겐 외로움을 주곤 했었다. 특히 비가 오는 날이 장날일 경우는 더욱 그러했다. 다른 급우들의 엄마들이 교실 뒷문까지 오셔서 친구들을 데리고 돌아갈 때면 우산도 없이 집까지 뛰어야 하는 나는 미리 각오하곤 했었다. 그 날도 그러했다. 적어도 교문까지는…… "임성아!" 처음엔 잘 못들은 줄 알았다. 또 한 번 불리는 내 이름. 엄마가 거기 계셨다. 우산을 받쳐 들고서. 다른 얘들은 비오는 날의 일상일 수 있는 모습이 지금도 나에게 깊이 각인되어 있는 건 그 만큼 엄마가 내게 갖는 미안함을 느꼈기 때문일 것이다. 바쁜 생활에 막둥이 챙기지 못하던 그 마음을.

세월이 흘러 이젠 제법 머리가 굵었다며, 엄마 대하기를 친구 대하듯 하는 버릇 없는 아들이지만, 어머니는 머리에는 쌀 포대를, 두 손에는 반찬거리를 들고서 차비를 아낀다며 30여분을 넘게 걸어 오셨다. 그 모습을 본 순간, 나는 오늘도 엄마에게 퉁명스레 말을 퍼부어대었다. 그런 나를 두고 엄마는 차비 아낀 돈으로 "너 좋아하는 거 사올란다."며 시장으로 나가신다. 화가 치민다. "누가 그딴 거 먹고 싶댔어?" 엄마의 뒷그림자에 소리 질러 보지만 엄마는 아랑곳 않는다. 언제나 엄마는 그리하셨고, 교통사고가 난 후 음식을 씹지 못하는 내가 영양이 부족할까봐 왕복 1시간이 걸리는 시장을 3개월간을 매일 그렇게 다니셨다.

젊은 시절을 그리 보내신 엄마에게 남은 건 몸의 혹사였다. 무릎에 인공 연골을 넣은 수술을 하신 엄마를 이틀간 간호하며 엄마가 누운 침대 옆에서 잠을 청하다 잠들어 있는 엄마의 무릎을 난생 처음 주물러 보았다. 야윈 뼈마디가 손안에 들어온다. 아파오는 마음과 죄송스러움. 사랑하면서도 매번 그렇게 퉁명스럽게 굴었던 내 자신이 바보스럽다. 그런데도 여전히 '엄마 사랑해!' 라고 말 못하고, 가슴에 담긴 말을 풀어내지 못하고 퉁퉁거린다.

서른을 넘고, 마흔을 넘어서 중년의 고개를 넘어가는 내 나이에도 '어머니' 란 호칭보다는 '엄마' 라는 호칭이 더 살갑게 느껴지는 건 '엄마' 라는 호칭이 가지는 따스함 때문일 것이다. 그래서 나의 자식이 나를 힘들게 할 때, 세상살이에 마음이 힘들고 머리가 무거울 때 고향에 가서 엄마를 보고 오면 머리가 나아지고, 힘이 생긴다. 아마도 엄마의 따스한 온기가 지니는 마력은 때로 시원한 바람이 되고, 때론 만병통치약 되고, 에너지가 되는가 보다.

지금은 가끔 엄마 집에 내려가면 주름져 가는 엄마의 손을 잡고, 손바닥을 펴 볼을 쓰다듬어 드리곤 돌아온다. 예전엔 참 고우셨는데…….

전화로 안부를 전하거나 뵙고 돌아오는 길에 "엄마, 건강하게 오래 살아야 돼! 알았죠?" 라고 말씀 드리면 언제나 엄마는 한결같이 말씀하신다.

"나는 잘살고 있응께 걱정 말고, 니들만 잘살면 되야!"

울 엄 사!

♡ 울엄마교의 대표신도 강임성은…

엄마의 지극한 사랑을 받고 자랐으며, 따뜻한 가슴을 지닌 그 엄마의 그 아들이다. 삼성그룹에 근무하였고, 카운슬러아카데미 회원으로 상담관련 자원봉사를 했으며, 현재는 우체국예금보험 심사제도파트장으로 재직하면서 좋은 제도 만들기에 골몰하고 있다.

고구마와 엄마

권남기 (영화감독)

눈물 같은 그 말…… '엄마!'

나는 나이 마흔에 아직도 '어머니'를 '엄마'라고 부른다. 특별한 이유는 없다. 단지 더 정겹고 더 따스한 느낌이 들어서이다. '어머니'라고 부르면 어딘지 모르게 내가 커버린 것 같고, 조금은 거리가 느껴지는 것 같다.

마흔, 보통 불혹이라고 부르는 나이지만 그래도 난 아직 '엄마'라고 부르는 게 좋다.

엄마!

그 단어 속에서 다가오는 감정의 깊이와 정겨움과 푸근함이 지금까지 나를 버티게 해준 힘인지도 모르겠다.

어려서부터 막연하게 좋아서 시작한 영화!

재수를 하면서까지 영화 학교에 가고, 친구들 양복 정장에 넥타이를 매고, 월급 받으며 회사를 다닐 때 야구모자에 군용잠바를 입고 주머니에 버스 차비도 없이 충무로 현장을 돌아다녔다. 엄마 앞에 변변한 돈한번 벌어서 내밀어 보지 못했다.

몇 번의 좌절과 실패, 배신을 맛보면서 과연 내가 언제까지 영화를 계속 할 수 있을까 하는 의구심도 많이 들었다.

그때 마다 나에게 용기를 주고, 믿음을 버리지 않은 우리 엄마.

언제나 나를 바라보는 눈빛 깊은 곳에는 애잔함과 슬픔이 가득하시다. 남들처럼 평범하게 살지 못하고, 험한 길을 가고 있는 아들이 얼마나 가슴 아플지 나는 안다. 엄마의 그 눈빛이 그렇게 가슴 아파 하고 있었다. 결국에는 내 인생의 목적이고 목표가 되어버린 영화!

영화 한다고 아직 장가도 못가고, 한 명의 사회인으로서 제대로 된 경제 활동도 못하는 나.

2남 1녀 중 장남인 나를 제외하고는 모두 결혼해서 가정을 갖고, 아이를 낳아 살고 있다. 엄만 특히 가족 모임 때면 나를 바라보는 눈빛이 더 깊어지신다. 동생들의 남편과 아내, 조카들이 온 집안을 뛰어다닐 때면 엄마가 나를 보며 몰래 한 숨을 쉬는 것도 나는 안다.

그런 엄마의 마음을 알기에 나는 더 밝게 웃고, 신나는 듯 떠들어댄다.

엄만 나에게 한 번도 결혼해라, 영화 힘들면 그만둬라, 왜 아직 결과가 없느냐 하는 말을 해 본 적이 없다. 남들과 비교를 하거나, 상처가 될 만한 말을 하지 않으셨다.

내가 하고 있는 일이 굳이 말 안 해도 얼마나 어렵고, 외로운 일인지 너무도 잘 아시기 때문이다.

엄마는 조각가이시다.

어렵고, 힘들게 한 시대를 살아오신 선배 예술가로서 아들을 묵묵히 지켜봐 주시고 계신다. 엄만 남들이 알아주지 않아도 작품을 만드시고, 그 작품들을 사랑하신다. 삶이 힘들고, 숨이 차실 때도 작품을 만드셨고, 기쁨과 환희가 넘치실 때도 작품을 만드셨다.

엄마의 그 끈질긴 집념과 순수한 창작 의욕 속에서 나는 성장했다. 힘든 창작 생활을 어릴 때부터 보아왔던 나에게 자연스럽게 엄마의 예술 철학은 공기처럼 나에게 스며들었다. 예술은 또 다른 엄마의 모습이며, 삶이고, 기다림인 것이다.

지금의 나 또한 그런 엄마의 모습을 더욱더 닮아가고 있다. 엄마의 그런 예술인으로서의 삶을 지켜보지 못했다면, 아마도 난 오래전에 영화를 포기하고 딴 일을 찾았을 것이다.

외롭다는 것, 힘들다는 것, 고통스럽다는 것, 서글프다는 것… 내가 영화를 만들든, 시나리오를 쓰든 항상 그 느낌을 버릴 수가 없다. 그러나 이것들을 이겨 낼 때야 비로소 진정한 작품이 탄생될 것이라고 나는 믿는다. 그 뒤에 오는 행복, 환희, 웃음……. 엄만 그 오랜 세월 몸으로서 그 모든 것들을 내게 가르쳐 주신 것이다.

참, 고마우신 분이다.

참, 사랑스러운 분이다.

참, 눈물겨운 분이다.

어느 겨울인가 오래 전 겨울에 엄마가 해준 옛 얘기가 생각난다.

엄만 첫째인 나를 가졌을 때 무척이나 가난했었다. 그때 셋방살이를 하고 있었는데, 안집에서 겨울 햇고구마를 쪄서 먹고 있었다. 만삭의 엄만 그게 너무 먹고 싶어서 눈물까지 났고, 고모가 몇 개 얻어다 준 고구마를 세상 어떤 것보다도 맛나게 드셨단다. 그 맛은 지금도 잊어버릴 수가 없다며 가끔 겨울이 오면 지나가는 말처럼 해주셨다. 난 그때 그 말을 거의 건성으로 들어 넘겼었다. 그런데 유독 이번 겨울에는 그 말이

가슴에 뭉클 맺혀 온다. 내가 나이가 들어 철이 난 탓일까. 그깟 고구마
가 뭐라고 눈물이 날만큼 먹고 싶었을까? 그때 내가 있었더라면 고구마
를 실컷 사다드렸을 것 같은데….

　오늘 엄마를 생각하며 들어가는 길에 따뜻한 군고구마 한 봉지를 사
가야겠다. 그리고 엄마와 같이 먹어야겠다. 이왕이면 적당하게 잘 익은
김장 김치와 함께…. 그럼 분명히 엄만 또 얘기하실 거다. '엄마가 널
가졌을 때 얼마나 고구마가 먹고 싶었는지 모른다' 고.
　그럼 오랜만에 엄마 손을 잡아봐야겠다. 그리고 말해야지.
　"엄마…… 나, 엄마한테 태어나서 얼마나 좋은지 몰라." 라고.
울 엄 사!

♡ 울엄마교의 대표신도 권남기는…

조각가이신 엄마의 예술혼을 이어받은 영화감독이다. 윤은혜 주연의 〈카리스
마 탈출기〉라는 영화로 데뷔했으며, 요즘은 대학원에서의 학업과 시나리오
쓰기를 병행하며 사람들에게 작은 감동이라도 전할 궁리를 하고 있다.

난로 같은 여인

안윤식(마트 사장)

숟가락 위에 밥을 떠올리면 어느 새 그 위에 가시 바른 생선이 얹어진다.

식사를 마치고 옷을 갈아입으려고 방에 들어가면 구김 없이 잘 다림질 된 교복.

학교에 가기 위해 현관을 나서면 현관 앞에 가지런히 놓인 깨끗한 운동화.

요술방망이가 요술을 부리는 것처럼 뭐든 알아서 척척 대령이었다. 그러면서도 그 요술 공주는 말씀이 없으셨다.

우리 6남매는 그것이 당연한 어머니의 보살핌인 줄 알고 살아왔다. 아버지는 돈 벌고 어머니는 자식들 위해 요술공주 노릇을 하는 사람인 줄 알았기 때문에 아주 별나게 감사하다는 생각도 해 본 적이 없었다.

얼마 전 바로 앞 집 2층에 어떤 여자 분이 이사를 오셨다. 평범한 주부로는 보이지 않았다. 아래 층 사람들이 그 여자가 작가라고들 했다. 작가에도 여러 가지 작가가 있을 텐데 어떤 작가인가 궁금했지만 인사도 없는 터라 물어볼 수가 없었다. 이사 온 그날 오후 늦게 작가 분이 시루떡을 해서 이웃에 돌렸다.

"저 이층에 이사 온 사람인데 잘 부탁합니다."

직접 떡을 들고 와 인사를 하는 모습이 새로웠다. 요즈음에는 이사를 와도, 이사를 가도 옆 집에 인사 한 마디 없는 것이 보통인데 같은 건물뿐 아니라 근처 건물까지 모두 떡을 나누는 것이었다.

"작가시라면서요? 무슨 글을 쓰세요?"

나는 이때다 싶어 물었다. 소설을 쓴다고 웃으며 대답을 한다. 소설가님이라 부를 수는 없지 않느냐고 하자 '노작가' 라 부르면 된다고 일러준다. 그때부터 동네에서는 '노작가님' 이 되었다.

그 노작가님이 나에게 '어머니' 라는 숙제를 내놓았다. '나의 어머니' 에 대해 솔직하게 글을 쓰라는 것이었다. 초, 중학교 시절 국어 시간에 작문 숙제를 받은 기분이었다. 내 생전 처음으로 심각하게 어머니에 대해 생각을 해 보게 되었다.

생각해 보니 스스로 우리 자식들이 얼마나 무심했는가 하는 마음부터 들기 시작했다.

예천군 개포면 입암리에서 내가 초등학교 4학년 때 서울로 이사를 왔다. 아버지가 능력 있어 돈을 잘 벌어다 주신 덕에 어머니는 6남매를 누구에게도 빠짐없이 키워내셨다. 6남매 모두 대학을 졸업시키고 그야말로 입 안에 혀같이 모든 것을 다 해주었다.

고등학교 1학년 때 아버지가 돌아가셨고 그 이후로는 어머니가 혼자 우리를 거두셨다.

어머니는 올해 80세로 아직 우리 6남매 곁에 계신다.

깨물어서 안 아픈 손가락 없다는데 어머니는 유독 나를 챙기셨다. 그것은 내가 예쁜 짓을 많이 해서가 아니었다. 워낙 사고뭉치였기 때문에 신경을 많이 쓰다 보니 자연히 그리 된 것이다.

중학교 때 나는 탁구 선수 생활을 했다. 학교에서는 선수로 등록이 되어 장학금을 지급 받았다. 집에는 장학금 받는다는 말을 하지 않고 등록금을 받아다가 용돈으로 썼다. 운동선수들이 다 그렇듯이 선수생활을 하는 중 상대방 선수들과 싸움이 붙고 아버지까지 학교에 불려 갔다.

"운동 당장 그만 둬. 운동하다가 나한테 들키면 학교 더 이상 안 보낼 테니까."

아버지의 불호령이 떨어지고 나서부터 나는 점점 비뚤어져 갔다. 선수들끼리 벌어질 수 있는 정당한 싸움이었는데 아버지가 나를 불량배 취급을 하는 것이 억울했다. 운동이 너무 하고 싶어서 혹독한 추위에도 몰래 운동장에 나가 체력을 단련시키기도 했지만 아버지가 무서워 선수생활을 계속할 수는 없었다. 혼자 속을 끓이다 보니 괜한 곳에 화풀이를 하기 마련이었다. 걸핏하면 성질을 참지 못하고 주먹을 휘둘러 댔다.

'부모님 모시고 와.' 한 달에 한 두 번은 싸움질로 말썽을 부렸다. 그 때마다 아버지가 알새라 어머니가 쉬쉬하며 학교로 찾아왔다. 선생님들의 과장된 표현에 의하면 아들보다 어머니가 더 학교 출석률이 좋다고 할 정도였다. 어머니는 그저 아들 대신 빌고 또 빌었다.

"죄송합니다. 제가 혼지 껌을 낼 테니 제발 아이 학교생활에 지장이 없도록 해 주세요. 선생님만 믿습니다."

그렇게 자주 말썽을 피우면서도 행정 제재를 받지 않고 무사히 졸업한 것은 오로지 어머니 덕임을 알고 있다. 집으로 돌아오는 길에도 야단한 번 친 적이 없었다. 아버지가 알게 될까봐 간이 조마조마하던 어머니였다. 어쩌다 내 친구들을 만나도 나를 부탁했다.

"얘, OOO야. 우리 아들 잘 부탁한다. 우리 윤식이 많이 도와줘라."

나는 또 성질을 낸다.

"내 친구가 날 뭘 도와준단 말이야? 왜 엄만 쓸데없는 소리를 해."

사회생활을 할 때도 어머니는 내 주변 사람들에게 언제나 그렇게 말해서 내 화를 돋웠다. 내가 좀 더 큰 사람이 되지 못한 것이 어머니의 과보호 때문이라고 생각할 때도 많았다. 나는 어머니가 너무 뒤쫓아 다니면서 남자기를 못 펴게 했다고 어리광처럼 불평을 해대기도 한다.

"나는 내 자식이 큰 사람 돼서 마음 고생하는 것보다 탈 없이 편안하게 사는 게 더 반갑고 좋다."

그래. 그렇지. 내가 내 자식을 생각해 보면 알 일인 것을……

내가 12살 때 어머니는 유방암 판정을 받아 아버지와 큰 형은 무슨 큰일을 치르는 게 아닌지 애를 태웠다는데 나는 그때 시골에 떨어져 있어 별 기억이 없다. 다행이 수술은 성공리에 끝났고 수술 받은 지 40년이 지난 오늘까지 큰 탈 없이 살아오셨다. 만약 그때 어머니에게 불행한 일이 벌어졌더라면 나는 그나마 지금처럼 불평할 상대도 없겠지 생각하면 아찔해진다.

노작가님 덕분에 어머니를 다시 한 번 진지하게 돌이켜 볼 수 있다

는 것이 고맙다. 이 싸늘한 겨울, 난로 같은 어머니의 잔소리가 정겨워
진다.

울 엄 사!

♡ 울엄마교의 대표신도 안윤식은…

송파동에서 작지만 사랑이 넘치는 '세원 마트'를 운영 중이다. 가까이 사는
이웃부터 먼저 챙기고 보는 그의 경영 철학도 '곁에 있는 것이 소중한 것이
다.'라는 엄마의 가르침에서 비롯되었다고 한다.

병석에서 평생을 보내신 어머니

구동희(공인중개사)

엄마란 아이들 손을 잡고 목욕도 가고, 학교도 가고, 시장도 가는 일을 해야 한다는 것이 엄마의 첫째 조건이다.

나는 어릴 때부터 그런 친구들이 정말 부러웠다. 길을 가다가 엄마와 함께 외출하는 친구를 보면 나도 한 번 해 보고 싶어 집으로 달려갔던 적이 있다. 거기엔 자리 깔고 누운 병든 엄마만이 나를 기다렸다.

나는 '나의 어머니' 하면 떠오르는 것은 병원에 실려 가는 모습뿐이다.

쓰러지고 입원하고 아파 찡그리고 자리 깔고 누운 어머니. 그 외에 다른 기억이 없으니 좀 불행한 편이다. 그래도 내 낙천적인 성격 덕에 뭐 그리 불행이라고 여기지 않고 살았다.

어머니는 금년 72세로 신장 투석을 하며 병마와 싸우고 계신다. 당뇨, 협심증, 신부전증, 신경통…… 한두 가지 병이 아니라 완치되기는 틀린 일이다.

내가 초등학교 4학년 때쯤 우울증을 앓던 엄마가 어디서 구했는지 독초를 먹고 죽기로 작정을 했던 기억이 선명하다. 앰뷸런스에 초죽음이 된 엄마를 태워 보내고 아이들은 영문도 모르는 채 울어댔었다. 그때부터 아프기 시작해 여태 병환 중에 있지만 그래도 엄마가 살아계신 것을 다행으로 알라고 할머니는 늘 우리에게 말씀하셨다.

어머니가 병이 난데는 그만한 이유가 있다.

어머니는 경기도 마석에서 곱디고운 막내딸로 태어났다.

친정에서는 막내딸을 신발에 흙도 안 묻히도록 귀하게 키웠다고 한다. 그런 엄마가 강원도 홍천에서 태어나 마석으로 오신 아버지를 만나 종갓집 종손 며느리로 시집을 왔다. 제사가 한 달에도 10번을 넘고 집에는 손님 없는 날이 없었다. 아침 밥상 차려내고 설거지 하고 돌아서면 또 점심 식사 준비를 해야만 했다. 중간 중간에 손님 뒷바라지까지 하느라고 엄마 손에 물마를 날이 없었다. 특히 엄마의 음식 솜씨는 마술을 부린 것 같다고 할 정도로 뛰어나 한 번 맛본 사람은 모두 칭찬을 아끼지 않았다. 대가족 수발도 벅찬데 종가 손님들은 엄마의 음식 솜씨를 맛보기 위해 일부러 찾아오기도 했다.

거기에 5남매를 낳았다. 또 시동생의 아들까지 어머니가 키워야 했다. 시동생이 어린 핏덩이를 두고 일찍 세상을 떠났기 때문이었다. 시동생 부인이었던 젊은 아기 엄마는 친정으로 돌아갔다가 재혼 했고 아이는 어머니 자식이 되었다. 결국 6남매를 두신 셈이었다. 힘들어도 힘들다는 말을 못하고 참았다. 종가의 까다로운 법도나 원칙은 모두 엄마에게 정신적인 부담이 되었다. 그 많은 스트레스를 견디다 못해 종국에는 병이 난 것이다.

병의 시작은 협심증이었다.

갑자기 숨을 쉬지 못하고 쓰러졌다. 병원을 드나들면서도 병세는 나아지지 않았다. 협심증에 당뇨까지 덮쳐왔다. 당뇨가 심해져도 엄마는 무슨 생각인지 약을 챙겨 먹지 않았다. 당뇨가 심해진 끝에 작년에는 신부전증까지 찾아왔다. 콩팥이 제 기능을 하지 못하자 그에 따른 합병증들이 계속해 엄마를 병자로 몰아갔다.

처음 엄마가 쓰러져 병원에 실려 갈 때는 아이들이 울고불고 법석을 떨었지만 나중에는 당연한 일처럼 무덤덤해져 버렸다.

"엄마는 또 병원에 갔어?"

학교 갔다 집에 돌아온 아이들이 엄마가 보이지 않으면 당연히 병원에 간걸로 알 정도였다.

우리 3남 2녀와 작은 아버지 아들까지 6남매는 어머니 대신 할머니의 보살핌 속에서 컸다. 할머니는 인자하고 후덕한 사람이었다. 나물 팔러 온 시골 노인들도 배고파 보이면 다 밥을 먹여 보냈다. 처음 보는 사람이라도 식사 때가 돼서 집에 찾아오면 그냥 보내는 법 없이 상을 차렸다.

"반찬 없는 밥이라도 한 술 뜨고 가요."

그야말로 종갓집 맏며느리 감이었다. 오가는 사람, 배고픈 사람, 어느 누구도 괄시하지 않고 정성으로 대했다.

"우리 엄마는 왜 매일 아픈 거야?"

우리 중 누구라도 불평을 하면 할머니는 다정하게 나무랐다.

"그런 말 하면 못 쓴다. 제일 답답한 사람은 아픈 사람 장본인이지. 네 어멈은 아프고 싶어서 아프겠니?"

시어머니라기보다는 친정어머니처럼 며느리의 병 수발을 다 해내셨다. 병석에 누운 엄마의 몫까지 모두 손자, 손녀들에게 베풀어 준 할머니가 계셔서서 우리는 따뜻한 인간으로 성장했다. 할머니가 많은 사람에게 베푼 그 은덕으로 우리들도 별 탈 없이 잘 살고 있지 싶다.

우리들은 엄마 곁에 가서 말을 걸거나 무엇을 요구하거나 하는 일은 엄두도 내지 못했다. 짜증을 내고 아프다는 하소연만 들어야 하기 때문에 아예 그 근처는 얼씬하지 않았다.

1986년, 할머니는 79세로 세상을 떠나셨다. 우리들 다 키워 놓고 가셨으니 마음도 편하셨을 것 같다. 우리들은 어머니가 돌아가신 양 슬피 울었다.

이제 우리 엄마도 돌아가실 때의 할머니 나이에 가까워져 간다. 우리 곁에 남아 있을 날이 그리 멀지 않다는 뜻이다. 분명 가시고 나면 또 가슴 아프고 후회가 남을 것이다. 할머니만큼 알뜰살뜰한 정을 우리에게 베푼 적은 없지만 단 한번이라도 건강하게 자식들과 웃음 짓는 모습을 보고 싶다. 할머니 말씀대로 제일 고통이 큰 사람이 바로 엄마 자신일 거라 생각하니 어머니의 인생이 가엾다.

오늘이라도 부모님 댁에 들러 한 번 더 따뜻한 말이라도 건네 봐야겠다. 할머니처럼 인자한 목소리로 '엄마!' 하고 한 번 불러 봐야지.

울 엄 사!

♡ 울엄마교의 대표신도 구동희는…

경험 많은 공인중개사로 '신신 부동산'의 사장이다. 어릴 적 엄마의 손을 잡고 이곳저곳으로 구경을 다니는 친구들이 제일 부러웠다는 그녀는 현재의 직업이 자신의 천직이라 믿으며 행복하게 살고 있다.

작가의 말

빛이 없는 캄캄한 밤길을 걷는 것 같다.

저만큼쯤에 뭔가 가느다란 실 불빛이라도 나타나주기를 간절히
소망한다.

암울하고 답답하고 불안하다.

이러한 심정은 나 하나만의 느낌이 아닐 것이다.

들리느니 폭등, 폭락, 급등, 급락이라는 단어들뿐이다.

내려야 할 것은 오르고 올라야 할 것은 내린다.

이 시점에 우리가 믿고 의지할 수 있는 것은 성직자도 아니고

대통령도 아니고 형제도 아니다.

죽어가는 자식을 살리려고 자신의 목숨도 내놓겠다는 어머니뿐
이다.

제2차 대전 때 독일인이 유태인을 잡아다 실험을 했다고 한다.

어마어마하게 커다란 가마솥을 걸고 한 솥에는 아버지와 그의 아들을,

한 솥에는 어머니와 그의 아들을 들어앉혔다. 그리고는 양쪽에 똑같이 불을 때기 시작했다.

아버지는 점점 자기 궁둥이가 뜨거워오자 안절부절못하다가 끝내는 안고 있던 아들을 궁둥이 밑에 깔고 앉았다.

어머니는 자기 궁둥이, 허벅지 살이 솥에 들러붙자 안고 있던 아들을 자신의 가슴 위로, 어깨 위로 점점 더 높이 안전하게 옮겨놓으면서 죽어갔다고 한다.

어머니의 사랑은 이처럼 무한하다.

돈을 잃어도 건강을 잃어도 어머니는 그 자식을 내치지 않는다.

이 절망 가득한 시대에 내 어머니의 때 묻은 치마폭에 잠시 온몸을 숨기고 싶다.

소설을 계획할 때 '나에게 이런 어머니가 있다면' 하는 열망으로 구상을 시작했다.

'괜찮다, 괜찮아. 내가 있잖니.' 그렇게 말하며 내 고통을 쓰다듬어 줄 어머니가 있었다면 나는 죽고 싶다는 생각을 하지 않았을 것이다.

비가 내리던 그날, 우이동 깊은 뒷산에서 신문지를 내 작은 키만큼, 내 몸 폭만큼 깔아놓고 수면제 열 알과 쥐약 두 병을 마시고 누

웠다. 나에게 내일이 없기를 바라는 간절함으로 눈을 감았다. 얼굴에는 비를 맞지 않게 우산을 펴 가리고 바바리코트를 가슴에서부터 무릎까지 덮었다. 무릎 밑으로는 가랑비가 뿌렸다. 여름인데도 젖은 몸은 으스스 추웠다. 약기운에 잠들며 나는 우리 오남매를 버리고 남자를 따라간 어머니를 생각했다. 내가 죽는 것은 죽기 위해서 죽는 것이 아니라 어머니에게 복수하기 위해서 죽는다는 마음이었다. 어머니를 떠올리자 눈 꼬리를 지나 귓가로 눈물이 방울방울 굴러 내렸다. 그때가 갓 스무 살이었다.

한 달 동안 식물인간으로 누워 병원 신세를 지고 나는 다시 살아났다.

내 분신인 세문이를 키우며 나는 가끔 젊은 시절의 내 결정이 만용이 아니었을까 돌이켜보는 때가 있다. 그러나 결코 만용이 아닌 절박함이었음을 지금도 나는 기억한다.

유독 모자 좋아하는 나에게 아들이 사들고 온 야구 모자를 씌워놓고 한 발 뒤로 물러서서 어울리는지 아닌지 보아줄 때, 아들이 내가 먹다 남긴 밥그릇의 밥을 가져다 맛있게 먹을 때, 우리가 한 가족임을 절감한다. 아직도 내가 살아있음에 감사한다. 작은 일상이 나를 천당에 있게도 만들고 지옥에 있게도 만든다. 나는 자식에게 없어서는 안 될 어머니이며 세문은 엄마를 꼭 닮은 나의 분신이다. 그 사실만으로도 나는 살아야 할 가치가 있는 것이다.

이 소설은 혼자 너무나 막막해서 죽는 길밖에 길이 없다고 생각하는 모든 사람들에게 빛이 되었으면 하는 바람으로 집필하였다. 실지로 그대에게 좋은 어머니가 없다면, 그런 어머니를 가진 사람처럼 착각에 빠져보아도 좋지 아니한가.

소중한 글을 주신 나의 지인, 친구들에게 진심으로 감사드린다.

제목을 찾아주고 십계명을 만들어주며 '울엄마교'의 사무장 역할을 해 준 아들 세문에게도 고마움을 전한다. 좀 더 멋진 책을 만들기 위해 하루에도 수차례씩 전화와 메일로 나를 괴롭혀 주신 출판사 사장님께 감사드린다.

'울엄마교'를 믿는 사람들이여! 행복은 모두 그대의 것이니 마음껏 탐하라.

울우리엄엄마사!사랑합니다

♡ 울엄마교의 대표신도이며 본 작품의 작가인 노수민은 부산에서 태어나 초등학교 1학년 때 부모님을 따라 서울로 왔다.
경희대학교에 문예장학생으로 입학하면서 황순원, 조병화 선생님 밑에서 본격적인 문학 수업을 받았다. 중앙일보 문예대상에서 장편소설 '고독한 파수꾼'으로 수상하며 문단에 나섰다. 김일성 사망을 예언한 소설 '불바다'가 20일 만에 14만부를 돌파하는 쾌거를 거두었으며, 일본 굴지의 출판사 광문사에서 '불바다'가 일본어로 번역되었다. '광대들의 들판에 비는 오지 않는다'로 800여명의 소설가가 주는 한국소설문학상 수상하여 중견작가로서의 입지를 굳혔다. 현재 사단법인 한국소설가협회의 이사로 활약하고 있다.